顾　问　金　波

出版人　董素山　刘旭东

策　划　田浩军　王志刚　庞家兵　郝建东

主　编　张冬青

编　委　常　朔　张艳丽　高　倩　王天芳
　　　　张彤心　纪青云　郝建国　武小森
　　　　韩联社　孟醒石　闫荣霞　米丽宏
　　　　董英明　谷　静　刘宇阳　王　哲

图书推广　夏盛磊

~思维与智慧丛书~

烟火清欢

YAN HUO QING HUAN

顾问 金 波
主编 张冬青

河北出版传媒集团
河北教育出版社

图书在版编目（CIP）数据

烟火清欢 / 张冬青主编. —— 石家庄：河北教育出版社，2024.4
（思维与智慧丛书）
ISBN 978-7-5545-8249-7

Ⅰ.①烟… Ⅱ.①张… Ⅲ.①故事–作品集–中国–当代 Ⅳ.①I247.81

中国国家版本馆CIP数据核字(2024)第026247号

书　名　烟火清欢
　　　　　YANHUO QINGHUAN
主　编　张冬青

责任编辑　刘宇阳　王　哲
装帧设计　牛亚勋
插　　图　郭　娴
营销推广　符向阳　李　晨
出　　版　河北出版传媒集团
　　　　　河北教育出版社　http://www.hbep.com
　　　　　（石家庄市联盟路705号，050061）
印　　制　保定市正大印刷有限公司
开　　本　787毫米×1092毫米　1/32
印　　张　8.125
字　　数　127千字
版　　次　2024年4月第1版
印　　次　2024年4月第1次印刷
书　　号　ISBN 978-7-5545-8249-7
定　　价　35.00元

版权所有，侵权必究

阅读散文的趣味

金 波

——《思维与智慧丛书》序

我希望更多的人有阅读散文的趣味。

散文作为一种文学样式，在和其他文学样式的对比中，彰显着它鲜明的特点。特别是把散文和诗加以对比，散文的特点就更加突出了。例如，有这样一些比喻：

诗是跳舞，散文是走步；

诗是饮酒，散文是喝水；

诗是唱歌，散文是说话；

诗是独白，散文是交谈；

诗是窗子，散文是房门。

这些比喻，从对比中呈现着散文的特征。散文贴近现实生活，所表现的更为具体真实；散文关注的生活很广阔，但表现手法灵活多样；散文可以和各种文学样式相融合，但不会丢失它的本色，同时它又吸纳各种文学样式的特征，形成了散文从题材到技法的丰富性。

有人说，散文是一切文学样式的根。我赞成这一看法。因为你无论是写小说、写戏剧、写文艺批评，甚至写哲学、历史著作，都离不开散文。凡是从事写作的人，都得有写作散文的基本功。所以有人又说，写好散文，才能获得作家的"身份证"。

写散文是进入文学殿堂必经的门，读散文也是进入文学殿堂必经的门。读散文的趣味很重要。散文可以抒情，可以叙事，可以议论，可以写景，可以状物，各体兼备，风格多样。

我们提倡"自觉的阅读"，不妨从阅读散文开始。喜欢阅读散文的人，会静下心来，会养成慢阅读的好习惯。散文是可以品读的，因为散文最易于形成多样风格，让我们增添一些不同的品味和审美的趣味。

基于此，这套丛书对入选的散文进行了深入的梳理、开掘，以全新的视角，发掘出了独特的价值体系。遴选了四个具有温暖、善美、纯真、禅意特质的主题，用文字和图画来传递人性的真善美，倡导仁爱和谐，表达对生命的探索与诉求。这套"思维与智慧丛书"，共四册，包括《春风辗转》《半窗微雨》《厚藏时光》《烟火清欢》。

收入本丛书的，都是一些短小的散文，可归属于文学性较强、艺术风格较为鲜明的"美文"。有的朴素简明，有的干净利落，有的妙趣横生，有的深邃启思。我设想有很多的读者（他们可以是从九十九岁到九岁的老少读者）在一个安静的时刻阅读这一篇篇令人安静的散文，用真诚的心态阅读这一篇篇真诚的散文，用享受语言之美的感觉阅读这一篇篇纯美的散文。我们默默地读着，却能在灵府的深处，隐隐地听见语言的韵律，入耳入心，贮之胸臆，久久享用。

阅读散文的趣味一定是隽永的。

二〇二四年新春，于北京

目录

生命应该像风儿一样

003　快活与慢活　\刘云燕

007　四季生春　\王继颖

012　谨防"最后的懈怠"　\胡建新

016　适当是最好的别称　\韩青

020　慢人者反尔　\游宇明

024　自然磨损与自我磨炼　\王兆贵

028　残局　\谢汝平

031　竭力与借力　\石兵

034　生命应该像风儿一样　\卞文志

038　够得着的快乐　\刘世河

041　第十颗龋齿　\章铜胜

045　深耕一亩田　\王南海

049　向一朵云学习　\陈晓辉

052　或许有用　\张正

055　偷得小闲闲话"半"　\蔺丽燕

058　丑橘　\齐夫

幸福的程序

065　幸福的程序　\胡美云

068　会与不会　\郭华悦

071　且行且止　\陈翠珍

075　抽身而去　\孙克艳

079　成功往往缘于没有　\葛瑞源

083　钓不在鱼　\鲍海英

086　跌一跤，且坐坐　\崔鹤同

089　一滴清水的修为　\熊仕喜

092　预订希望　\王继怀

095　只爱如意者一二　\崔修建

099　心有远意　\马庆民

103　急处从宽　\邱俊霖

107　绘事后素　\侯美玲

110　谋心　\姚文冬

113　不只是一把钥匙　\曹化君

116　小坐一下　\彭晃

有些道理慢慢才明白

123　大作家巧用幽默提"意见"　\张君燕

128　"温"言暖人　\付振双

131　花开白云间　\石兵

135　做一只优质的碗　\王国梁

139　自律是一种高贵的修为　\唐宝民

143　老鹰不会像麻雀一样吵架　\朱成玉

147　体谅更能赢得信任　\董建华

151　总有人腰弯得比你更深　\张军霞

155　沉默是高贵的语言　\邱立新

159　尘世余香　\筱琴

163　西瓜留两根蔓　\于世忠

166　播种善良　\李永斌

170　黑夜中那道暖光　\尚九华

175　有些道理慢慢才明白　\李光乾

178　"弱德"载物　\周心矩

181　不羡慕　\马从春

184　且留二分与人　\凌士彬

187　红烧肉碗头鱼　\徐立新

人间清流

195 照古腾今邓石如 \江舟

199 傅雷：在翻译上不宽恕 \段奇清

203 于半鸭·于糠粥·于青菜 \郑学富

207 拜访音乐家李重光先生 \张锁军

212 "敦煌女儿"樊锦诗 \玩月轩

216 用嘴"战斗"的英雄 \高凤英

220 人间清流 \安宁

224 人贵有知笨之明 \王荣朝

227 唯唯谔谔的邹忌 \胡新波

232 曾巩的坚守 \祁文斌

生命应该像风儿一样

快活与慢活

刘云燕

扫码听读

年轻人自然喜欢快活。他们渴望丰富多彩，喜欢瞬息万变的时代。他们喜欢把每分钟都计划到位，喜欢快活带来的惊喜体验。随着时代发展，科技一路前行，高铁应运而生。如今早晨在广州吃早茶，下午在北京吃烤鸭也不再是梦想。

我也喜欢快活。比如当你想旅行时，翻开中国地图或是旋转地球仪，千里万里，甚至大洋彼岸，都不再是遥远的距离。我们已经居住在一个地球村，通信技术也发达了。想来，小时候要想打个长途电话，需先到邮电局排队，然后申请一个小牌子，进入电话亭中接通。遇到打电话不便，需要发电报。当年，有专门的一项训练，就是告诉人们如何写电报，如何用最简短的字，说清楚一件事。人们惜字如金，反复思量。

人至中年，却梦想着生活可以慢下来。林语堂在《人生盛宴》中说："能闲世人之所忙者，方能忙世人之所闲。人莫乐于闲，非无所事事之谓也。闲则能读书，闲则能游名胜，闲则能交益友，闲则能饮酒，闲则能著书。天下之乐，孰大于是？"

林语堂悟出了慢下来的种种妙处。想来，古时的人是慢的，一切都不急不缓，自自然然。古代的人擅长手工，喜欢慢慢地织布、绣花。前几日去定州，欣赏了定州有名的缂丝。缂丝被誉为"雕刻了的丝绸"。北宋时期，定州缂丝就已经著称于世。我曾看过一把墨荷的团扇，素底一茎枯荷，细致精美，让人叹为仙物，素有"一寸缂丝一寸金"之说。一幅牡丹花，花朵立体感极强，而花朵边的鸟雀仿佛抖抖羽毛，就能"啾啾"地叫出声来。还有一件龙袍，花形复杂，十分精美，据说制作这样一件龙袍，需要两个织女纯手工制作三年才能完成，

闻之不禁让人啧啧赞叹。

古时的人喜欢慢慢地品茶。喜欢温杯烫盏，在清风和日，慢慢地泡一壶茶。茶艺里讲究茶艺礼仪，从坐、立、跪、行等姿势里体现。茶道更是一种至高境界。慢慢地品茶，注重茶的色香味，讲究水质、茶具，讲究喝的时候细细品味。而在茶事活动中，更融入了哲理、伦理、道德与禅学，使得喝茶也能修身养性，品味人生，继而达到精神上的享受。慢慢地，你会悟出喝茶也是一种美，天人合一，小茶壶中有大玄机，从淡淡的茶汤中，也可以品出人生百味。茶艺姑娘在表演时，那更是一种慢下来的享受。一招一式，一颦一笑，都充满了知性的美。那种美，洗尽铅华；那种静，宛若空谷幽兰；那种慢，却格外动人心魄。此时，你会懂得原来慢下来，也是如此美丽。

一个朋友喜欢旅行，他喜欢去一些小城镇感受慢生活，那里的人生活是慢慢的，似乎一切都不慌不忙。散文家毕淑敏在一篇游记中也曾写过："您看，凡是自然的东西都是缓慢的。太阳一点点升起，一点点落下；花一朵朵地开，一瓣瓣地落下；稻谷成熟，菩提树变老，都是慢的啊。那些急骤发生的自然变化，多是灾难，比如火山喷发，比如飓风和暴雨……"

　　快活与慢活哪种更好，我想只有张弛有度，才是最好的生活吧……

四季生春

王继颖

城东高楼间的春生胡同，藏着同事的居所。清冷的深秋，我们一行人从同事的居所出来，每人双手拎几袋蔬果，鲜绿、嫩白、橙黄、火红、深紫……内心温暖荡漾，感觉拎着五颜六色的春天。

回头望，目送客人的同事和他爱人，两张脸笑成两轮晴暖的春阳。笑容朗照的院墙外，黄的绿的叶儿，红彤彤的果儿，金闪闪粉艳艳的花儿，一片斑斓。

院墙内，藏着层次和内容更丰富的斑斓。院门内的葡萄架上，一串串淡紫的葡萄剔透诱人。院子不大，玉兰树、李子树、银杏树都茁实挺拔。二层小楼坐北朝南，东西厢房是一层的平房。东厢房下两大盆无花果，西厢房下一架凌霄、一架金银花，枝叶藤蔓也都壮健。

"春天，紫色的玉兰花，白色的李子花，开得家里家外都是香气；再过一周，银杏叶就黄透了，树上一片金黄，地上一片黄金，到时候来我家涮菜吧！"刚才我们进院时，同事爱人仰脸笑看树上的枝叶，又是回味，又是憧憬，又是邀约。

随着同事夫妻二人登上扶梯，先到东厢房顶，再到二楼房顶，我们眼花缭乱，惊叹丛出，艳羡叠生。屋顶辟成的田园，蓬勃着多少种植物啊！数不清的蔬菜花果，拼接出立体多姿的五彩斑斓。最惹眼的色彩，是葱、白菜、韭菜、芫荽、胡萝卜等清鲜茂盛的新绿。斑斓间移步，宛如置身生机浩荡的春天。同事爱人说，春天和夏天，这里生长的东西更多。两位主人手忙脚乱，自豪飞扬，热情四溢，举止神情和言谈笑语，都生长着春天。下扶梯时，每个客人的双手，都拎着几袋子主人馈赠的斑斓春天。

二层小楼内，蓬勃着另几种生机，隐藏着别样的斑斓。

三只猫一只狗,健壮活泼,在一楼客厅自由地嬉戏。其中那只黑灰豹纹的猫,本是又脏又瘦的流浪猫,发现屋顶上的田园,怯生生地不肯离开。主人温情地接纳了它,喂食喂水,收拾屎尿,为它洗澡梳毛,送它好听的名字"黑梨花"。"黑梨花"的幸福生活从此盎然绽放,长大了,长肥了,长得漂亮可人。二楼客厅几件茶几桌案,是古朴中透着时尚的艺术品。这些多是别人抛弃的旧东西,同事捡回家来,细细打磨,用心修理,上漆着色,让弃物生出艺术的雅致。艺术氛围中,墙上一组醒目的照片,同事的女儿像一株静静生长的奇丽花树,青春自信,从容脱俗,浑身散射着艺术的阳光。女儿幼时,像树荫下的小苗一样羞怯柔弱,在父母悉心培育下,如愿成为知名大学热门专业的翘楚。二楼书房四壁的格子架上,分门别类、整齐摆列的图书,多达千余册。

　　同事夫妻,都是我的教育同行。同事负责全市科学教研,他爱人在城里的小学教语文。两人工作都忙碌,身体都单薄,把面积不大的家经营成小小的植物园、动物园、图书馆,其间辛苦,可想而知。单是种植一事,难得的休息时光,要从远处挖土运回送到房顶,要拉粪施肥,要买种播种,要育秧栽苗,要浇水除草捉虫……花果蔬菜，全不施药剂，四季的长势都如春天。那么多绿色产品，分享给客人，是寻常事。频繁造访的客人，是学生们。科学课本和语文课本里提及的植物，作业中布置观察的猫狗等动物，书店买不到学校借不到的图书，他们家几乎都有。孩子们应邀到家里，观察植物，亲近动物，阅读书刊，诵读田园诗词，体验生长的神奇，分享蔬菜花果，也分享勤劳和热爱的良种。

"老师，您送我的种子出芽啦！"

"老师，您送我的火龙果秧苗长大结果啦！"

"老师，你们家的猫咪和狗狗太可爱啦！爸妈看了我写的作文，终于同意我养宠物啦！"

"老师，小学毕业两年了，我的手机里还珍藏着你们家屋顶上蜜蜂、蜻蜓和蚂蚁的照片。"

叶圣陶说："教育是农业而不是工业。"做教育的同事和爱人，把村子里的小家，开辟成绿色成长的肥沃田园。

猫狗悠然地在客厅玩耍，窗台上一行喜人的新绿。一队孩子冲进院子，跑进屋子。爱人被孩子们包围着，对着泡沫箱里培育的新绿秧苗，微笑着指点着，讲解着示范着，与她略微沙哑的温声暖语呼应的,是清脆葱茏的愉悦童声。这是同事录制珍存的视频,萧瑟冬天的背景中,一片生机勃勃的春天。

勤劳的双手,热爱的匠心,让四季春意茁生。

谨防"最后"的懈怠

胡建新

1944年,英国第三空军大队总司令鲍德温发布命令,要求对所有参加空中作战的战机特别是部分坠毁战机进行详细的调查统计。一个星期后,鲍德温收到报告,发现了一个令人震惊的结果:导致飞机坠毁最主要的原因,既不是敌人的猛烈炮火,也不是大自然的恶劣天气,而是飞行员的失误操作;事故发生最频繁的时段,既不是在激烈交火中,也不是在紧急撤退时,而是在完成任务归来着陆的几分钟里。

鲍德温经过分析发现,原来飞行员在战场上精神高度集

中，反而不容易出纰漏。可在返航途中，他们的精神越来越放松，情绪越来越懈怠，当终于看到熟悉的基地、越来越近的跑道时，顿时产生一种没有任何戒备的安全感。然而，恰恰就是这一瞬间的放松和懈怠，酿成了大祸。鲍德温最后总结说："我们的失败往往不是在最困难的时候，而是在精神最放松的时候。离成功越近，越要提高警惕。"

鲍德温是对的。最后的懈怠往往是致命的懈怠，而这种懈怠又常常是在自然而然、不知不觉中产生的。一个人或一个群体在从事紧张危险工作和执行急难险重任务时，一般都会最大限度地调动全身的力量，专心致志地把事情做好甚至做到极致，这既是规避各种风险的主观意志使然，也是精神高度紧张而根本没有懈怠机会的客观环境使然。然而，当战胜危险、完成任务使精神松弛下来后，懈怠往往随之产生，而由懈怠酿成的危险也会悄然降临。因此，灾难常常源于"最后的懈怠"。

从人的生理状态看，精神紧张并不全是坏事。医学心理学认为，人的精神紧张一般可以分为弱的、适度的和强的三种状态。当一个人保持紧张的工作和生活节奏时，心脏就会通过加强收缩排出更多血液，使血管的舒缩功能随之改善，从而减少心血管疾病的发生概率。有专家做过一项专题研究，发现适度紧张忙碌的人，通常要比经常处于精神松弛状态的人长寿29%左右。由此得出一个结论：人若能妥善处理工作和生活中的紧张状态，不仅不会危害健康，反而可以促进健康。

从人们的生活经验看，适度的精神紧张，有利于培育大脑的兴奋因子，提高大脑应对客观环境的活动功能，从而使人思维迅捷、反应灵敏、精力充沛乃至力气大增。面对景阳冈上那只吊睛白额、穷凶极恶的老虎，武松使出浑身解数，先是躲过老虎的一扑、一跃、一扫尾，再用尽力气打断手中的哨棒，然后乘势骑在老虎身上用拳猛击，最终将老虎生生地打死了。可他打死老虎后，却连拽动死老虎的力气也没有了。这也正好旁证了一句俗话：毛毛细雨湿衣裳。为什么毛毛细雨会湿衣裳？就是因为轻视、懈怠，总以为毛毛细雨无关紧要，淋之任之，结果在不知不觉中被弄湿了衣服。而当瓢泼大雨来临时，人们却会如临大敌般地采取各种躲避和遮挡措施而使自己安然无恙。

现代社会，人们的生活节奏越来越快，"精神紧张"似乎成了大多数人的切身感受。为了实现对美好生活的向往，我们

生命应该像风儿一样

既不必瞄准过高的事业目标和生活标准，使自己整日处于追求高成就事业和高品质生活的紧张状态之中；但也不能整天嘻嘻哈哈、碌碌无为，让松弛和懈怠毁掉了本该拥有的辉煌成就和美好生活；更不能因为有了一时的成功和满足而故步自封、松懈慵懒起来，让"最后的懈怠"毁掉了已经取得的辉煌和美好。

适当是最好的别称

韩青

我们知道，种子，只有在适当的时候，才能萌芽；花儿，在适当的时候，才能绽放；很多话，只有在适当的时候，才能说；很多事，只有在适当的时候，才能做……其实，世间万物都存在着这样一个点，这个点就是适当。正如冯梦龙所言："物，贵极征贱，贱极征贵，凡事皆然。"可见，这个点，也是最好的。因此，从这个意义上来说，适当就是最好的别称。

可是，生活中，很多人往往没有将适当放在心上。《史记》中就记载了这样一个人。当年，他曾经跟陈胜一起被雇佣耕

地，后来，在陈胜称王之后，他就去敲皇宫的门说："我想要见陈胜。"守卫皇宫的士兵不让他进。陈王出门时，他在道路上呼喊陈胜的名字，陈王听到后，就召见了他，并与他一同回宫。他进入皇宫，看到宫殿房屋和帷幕帐帘，感叹道："真的不错啊，陈胜你为王之后所居之处真是富丽堂皇啊！"他从皇宫出入越发随便，常向人们讲述陈胜的一些旧事。有人就对陈胜说："您的客人太愚昧无知了，总是胡说八道，有损您的威严。"为此陈胜就把他给斩杀了。显然，这结果是他自己招惹的。要知道，当时的陈胜已经称王，身份和地位都变了，所以对他就不能再像当初那么随便——该有的规矩要有，他的尊严要顾及。可是，他没有这样做，而是偏离了适当，所以，遭此命运。

显然，不适当就像魔鬼，会给我们带来灾难，而适当才是天使，会保护我们，甚至还给我们带来好运。《汉书》中记载的公孙弘就懂得适当的道理。当年，他向皇上禀奏事情，有皇上不同意的事情，不当廷与皇上争辩。他曾经与主爵都尉汲黯请求单独求见皇上，汲黯先发表自己的意见，他推辞到他的后面发表意见，皇上对他很满意，并且乐于听取他的意见，因此越来越亲近和重用他。如果他动辄就跟皇上当众争辩，那么就会冒犯皇上的威严，后果不堪设想。而他后来成为西汉的一代名臣，跟他做事适当密切相关。这就告诉我们：做人做事都要在适当上下功夫。

而一个人做事是否适当，往往只有他自己最清楚。就像诗人秦巴子在诗中写的那样："我在途中停下来，像个傻瓜，被车上的人嘲笑，那狂奔的车子，以为我永远追不上，其实我已经抵达。"很多时候，我们以自己的心去猜度别人，甚至心怀善意地改变别人的决定或生活，可是，结果却破坏了别人的决定或生活，给别人带来了一定的损失。可见，很多时候，我们对别人的判断往往都是误判，对别人的帮忙往往都是倒忙。当然，在我们糊涂、迷惘甚至绝望之时，别人的提醒、指正等还是要虚心接受的。

因此，在一些事情上，我们要懂得及时变通，切忌执迷不悟。要知道，世间万物都有自己的规律，也叫适当，如果违背了它，往往会造成不好的结果。比如，鱼儿贪恋水，如果把它放在天空里，那么它就会变成鱼干。所以，一旦发现不适当的事情，就要抓紧进行相应调整，即使你带着善心做某件事，也

生命应该像风儿一样

不能改变那不好的结果。《庄子》中就记载了这样一件事。南海之帝倏和北海之帝忽，为了表达对中央之帝混沌的感谢，他们试着给混沌凿出像人一样的七窍，而最后混沌却死掉了。

　　由此可见，适当就是这个世界的道，也是万物的尺度。有了这个尺度，我们才能做正确的事，做真正的人。东晋大臣庾亮就把握住了这个尺度。当年，他有一匹很凶的马，有人让他卖掉，他却说："我卖它就会有人买它，那样就会伤害它的新主人，难道因为它对自己不安全，就可以嫁祸他人吗？"他做得很适当，而这适当，就绽放了他的君子品格。

　　君子就是这样：做人做事都适当，同时也懂得别人和万物该有的适当。这就是我们最好的态度，而这样的态度，一定会带我们走进一个个美好的世界。

慢人者反尔

游宇明

文友讲过一个真实的故事。

早些年,他在某大城市的一家外资企业上班,白天认真跑业务,晚上坚持文学创作。他出了一部长篇小说,送了一本给公司的临时负责人M。走进M办公室时,此君跷着二郎腿,用嘴努努指着办公桌说:放那儿吧!M的倨傲极大地激怒了文友,放下书,他没打招呼就走了。

不觉间想起曾国藩写给弟弟的信中说的一句话:驰事者无成,慢人者反尔。意思是说:做事不认真者肯定会碌碌无为,

生命应该像风儿一样

待人傲慢者必将为人所轻。

揣测M的心理,当时一定是觉得文友是他的下属,时常会有事求于他,才给他送书,因而目高于顶。这也是当下少数牛人的通病,他们不明白,人有种种,少数人确实是给个梯子便会用,不给梯子也要挖空心思搭建的,但更多的人看重自尊,在乎脸面,也守规矩。我的文友生性耿介,一辈子以谋求法规以外的利益为耻。他的那部长篇小说非常畅销,初版就印了好几万册,著名报刊上的评论不断,公司有同事向其索书,他自掏腰包买了一百本送人,又想到如果单独避开领导不送,会被认为对领导不友好。然而,没想到这位领导如此傲慢,使文友觉得自取其辱。

每个人的出身、经历、所受教育、潜力的方向各有相异,在社会上的位置有所区别。以自己的优长比他人的不足,比出的不是自信、豪爽,而是自恋、狭隘。

能成大事的人都是愿意将自己的姿态放低的。他们不是不知道自己的优势,不是不明白这种优势可以换来实际的利益和别人的青睐,而是觉得每个人都各有所长,不可以简单地褒此贬彼。善待别人，与各有个性、各具趣味、各怀异能的人和谐相处，可以弥补自我之不足；辱没别人，当时倒是痛快，最后给自己留下的必是"一地鸡毛"。还是说曾国藩吧。他做京官，十年七迁，连升十级，三十多岁做到了正二品的礼部侍郎；出而办湘军，最初做统帅，后来当总督，升武英殿大学士、一等毅勇侯，一生够牛的了，但他从不"慢人"。堂叔楚善遭人逼债，他央求祖父出手相助；楚善无房可住，他写信给祖父请求其代觅房屋；楚善无田可种，他又请求父亲为其联系佃田耕作之事，并向别人讲清楚善的苦况，"租谷须格外从轻"。同乡梅霖生病逝，其身后一切事宜都由曾国藩与其他两个朋友打理，他们募得奠金千多两银子，四百两用于治丧，其余用于"周恤遗孤"。朋友陈岱云的妻子生完儿子后病逝，曾国藩将这个苦命孩子接到家中精心照顾。其实当时曾国藩薪金很低，家境窘迫，没有一年不靠举债度日。曾国藩"发达"之后所交朋友胡林翼、李续宾、罗泽南、彭玉麟、邵蕙西、赵烈文、容闳等人，其职务、地位都无法与之相比，但曾国藩从不慢人，有事虚心向

朋友们请教，赢得了身边的人发自内心的尊敬。曾国藩后来的成就，就与朋友们的鼎力相助有关。

世间的事大都有确定的因果，"慢人者反尔"，并非人为设计，它宣示的不过是一种生活的天然逻辑。

自然磨损与自我磨炼

王兆贵

世上何物最磨人？这个问题并不深奥，有两个字就回答了，或曰岁月，或曰时光。时光对每个人都是公平的，谁都不能例外，谁也回避不了。

细细想来，人在时光的流淌中，并非完全是被动的。被动的是自然磨损，主动的是自我磨炼，由此造就了不同的人生。

人生在世，时光有限，精力有限，仅仅顺其自然，随波逐流，那只能是自然磨损。自然磨损由天定，自我磨炼可选择。有的人活得有趣，有的人活得无奈，皆因选择不同。那些活

得有趣的人，大多是经历时光磨洗后，痛定思痛，删繁就简，有所舍有所不舍，有所为有所不为，选择适合自己又能被社会接纳的事情去做，将自己喜欢又有意义的事做到了极致。那些什么都抓在手里，不舍得放下的人，不仅活得累，而且蹉跎半生，碌碌无为。

想当年，韩信如果一直浪荡乡野，乞食漂母，能否活下去、能活多久都成问题。他喜欢研读兵法，很想在用兵上施展自己的抱负，希望能跻身运筹帷幄的中军帐中，可他费尽心机，却未被项羽看在眼里。做个执戟郎虽然有饭吃了，但终究有违所愿，于是就跑路了。到了刘邦大营，起初只是个治粟都尉，此前还差点儿成了刀下之鬼。好在遇上了萧何，这才说服了刘邦，被破格拜为大将，历经磨炼，从而走上事业的峰巅。

再如，西晋齐国临淄人左思，长相寒碜，又不善言辞，出门刷脸等于自讨没趣，只好猫在家里练书法、学操琴。大约是艺术细胞发育迟缓，欠缺这方面的天赋，字也练不好，琴也没学成。他老爹在朋友面前提起他来，总是唉声叹气的，这让本来就有些自馁的左思，受到了很大刺激，于是便埋头文史典籍中，发奋攻读诗赋。为了试笔，他花一年时间写出《齐都赋》

后,又花十年时间写成了《蜀都赋》《吴都赋》《魏都赋》。

左思既无显赫的家族背景,又无响亮的文坛名头,《三都赋》成文后并未引起人们重视。当他将文稿示人时,引来的只是嘲笑和讥讽。好在皇甫谧、张载、刘逵、卫权、张华等名家慧眼识珠,《三都赋》赢得了他们的普遍认可,他们分别为其撰写序言和注解。于是乎,"豪贵之家竞相传写,洛阳为之纸贵"。贵到什么程度呢?有文章称,洛阳每刀千文的纸很快涨到两三千文,断档缺货后,不少人到外地买纸来抄写左思之赋。当初讥讽左思的陆机,看过《三都赋》后深为叹服,以无法超越为憾而搁笔。成语"洛阳纸贵""陆机辍笔",便由此而来。

左思由其貌不扬到文采飞扬的华丽转身也向世人证明,勤能补拙,功不唐捐。正如斯宾塞·约翰逊所言:永远要记住,在某个高度上,就没有风雨云层,如果你生命中的云层遮住了阳光,那是因为你的心灵飞得还不够高。在你生命的天空中,难免会有云遮雾障的日子,但不是每一片乌云都下雨。只要你不再盯着那片云朵、埋怨那片云朵,而是通过自我努力超越那片云朵,你就会沐浴在灿烂的阳光下。

生命应该像风儿一样

　　就此说来,与其被动接受自然磨损,不如主动追求自我磨炼。这样的人生才能活得有意思、有意义。尽管不是所有人都能活得轰轰烈烈,但是,该发奋时还要发奋一番,至少不能白活一场吧。

残局

谢汝平

有人喜欢残局,如痴如醉。大多数残局,双方实力旗鼓相当,不管红方黑方,谁都没有必胜的把握,但谁也不会认输,形成这样势均力敌的态势,才是标准的残局。

研究残局能让人棋艺进步神速,所有著名的棋局都是残局。只有进行到一半的棋局,才有着万般变化,才有数不清的陷阱,才有着太多的可能,才有不一样的结局。残局的结果难以预知,不管出现胜负平的哪种结果,都是合理的,这也是残局的魅力,主要取决于对弈双方的实力和对棋局的把控和预

判。残局有简单有复杂，简单的每方可能只有三五子，复杂的残局开局时间不长，双方耗损不大，理论上是棋子越多越复杂，但其实复杂程度是由棋盘上的局势来决定的。

对于残局，我是看不来的，太费脑子。可有人对很多残局如数家珍，对这些残局的结果也进行数次演练，到了绝不会出一点差错的地步，不管对方走哪一步棋，他都有应对的办法。而在实际对弈的时候，他往往会有意把棋局变成熟知的残局，把敌人引到他所设置的陷阱里，胜利也就变得轻松容易。这就好比战争中所谓的阵型，是计谋的集大成者，是无数先人智慧的结晶，作为后来者，只要铭记于心，能够活学活用即可。

街头摆棋摊的，看似简单的残局，却是一个骗局。那种残局，双方局势有着明显的优劣，让人一眼看上去觉得胜负没啥悬念，从而着了摊主的道。对于水平较高不易上当者，他们还会安排几个托，装作不懂装懂的菜鸟，在一旁指指点点，让人忽视其中的漏洞，引人误入歧途，从而上当受骗。其实，这种骗人的残局是经过多次演练的，挑战者不能走错一步棋，走错了只有输棋一个结果，如果没走错，那么不管挑战者选择红方还是黑方，结果都是和棋，摆摊的人永远不会输。

其实，只要走出了哪怕一步棋，也算残局，只是这残局太普通，普通得没什么意义罢了。面对一盘精妙的残局，其中最大的魅力还是参研者既可以选择红方，也可以选择黑方，自己跟自己下棋，尽管知道自己在设下陷阱，知道必须绕过去，但却又不得不落入圈套。这是一种必然的结局，有一些悲壮，有一些惨烈，能够自己跟自己下棋到昏天黑地难舍难分的地步，当是残局无与伦比的魅力。

人生也是一个残局，从懂事起，已经不知不觉走了开局的部分，接下来如何博弈，就看个人的能力和造化。人生开局有好有坏，有对也有错，但尚有可以调整的空间。棋局上的智慧，也是人生的智慧，面对结果难料的残局，面对胜败未卜的将来，每个人都要了解自己，了解对手，所谓知己知彼，百战不殆。也许，命运并不是安排好的，没有谁能安排得了命运那复杂多变的过程，而结果却早已注定。人生最大的敌人是自己，是一个特别了解自己的对手，这就像面对残局，残忍而过瘾，惊险又充满乐趣。

竭力与借力

石兵

竭力是一己之力，借力是合众之力，两者间隔着一个人通达世情的能力与自知自明的智慧。

人依附群体而生，无法离群索居，一个人力量再大，智慧再深，也不足以独立解决所有问题。于是，便有了借力之说。

竭力容易，借力困难；竭力简单，借力复杂；竭力径直，借力迂回。竭一己之力，可锄草耕田自给自足，借万众之力，可移山填海生生不息。

若要借力成功，必须具备三个条件：一是给他人一个借力于人的理由，二是给自己积累借力还利的资本，三是竭一己之力与借他人之力必须同时进行，不得藏私。

借力于人者，不求回报者少，借力还利者，再借时阻力便小，竭己力借他力者，才能与他人休戚与共风雨同舟。

有借有还是借的根基，借力还利是借的结果，同心协力是借的升华。一个人若想得到他人的臂助，除了竭力而为，更要感遇忘身。

其实，借力藏在竭力之中，只是，竭的是个人的智力，是一个人的风骨与胸怀。

风骨得到他人的尊敬，胸怀接纳他人的索取，滴水之恩涌泉相报，如此一来，才能在借力之中收获他人的认可，才能在借力之后留下他人的真诚，才能摆脱"借"字的功利与狭隘，获得源源不绝的他人助力。

竭力终会力竭，借力却可源源不绝，变竭力为借力，并借力为己所用，则一己之力便会无限增加。借力之道，在于人心光明，在于道法自然，在于大公无私，在于助人助己。

若要借力，不必等到己力已竭，更要留有余力回报他人；若要竭力，也要先考量一下能够借力几何。如此一来，才能知晓自己真正拥有的实力，才知能否匹配力所能及的理想与抱负。

生命应该像风儿一样

卞文志

最近读诗,在一本诗集上读到这样的诗句:生命有一点儿像一阵风,虽然我们看不见风,却能感受到风吹来的那一刻。生命应该像风儿一样。

读此诗句,让我瞬间想起美国作家、哲学家,超验主义代表人物梭罗。梭罗在瓦尔登湖畔居住了两年零两个月,这段经历已经成为美国一道永久的知识景观。因此他被称为自然随笔的创始者,其文简练有力,朴实自然,富有思想性,在美国19世纪散文中独树一帜。而《瓦尔登湖》在美国文学中被公认为

生命应该像风儿一样

最受读者欢迎的非虚构作品。

对于这位栖身于湖畔的伟大作家，今天我们不能将其理解为消极避世的典型，正是他发现了人类社会与大自然真正的纽带，并使之成为自身社会生活的稳固支撑。梭罗曾经说过："每个生命，就像每一阵风一样，时刻都在'记录着自我'。"为让风时刻记录自我，他能够用脚步测量距离，比别人用尺量得还准些。他说他夜里在树林里寻找路径，用脚比用眼睛强，他能够用眼睛估计两棵树的高度，非常准确，他能够像一个牲畜贩子一样地估计一头牛或是一头猪的重量。一只盒子里装着许多散置着的铅笔，他可以迅速地用手将铅笔一把一把抓出来，每次恰好抓出一打之数。

他还善于游泳，赛跑，溜冰，划船，从早至晚的长途步行中，大概能够超过任何乡民。而他的身体与精神的关系比我们臆度的这些还要精妙。他说他的腿所走的每一步路，都是他要走的。由于他坚信生命像每一阵风一样，所以他居住在瓦尔登湖岸的小木屋里，把他的一切行为都安放在一个理想的基础上。传记作家罗伯特·D.理查德森在他的著作《梭罗传》中，通过梳理梭罗的大量私人日记与创作手稿，勾勒出梭罗的思想历程及成长经历，从而在19世纪的语境中，对其一生的心灵轨迹进行了综合审视。他认为自己从来不懒惰或是任性，他需要钱的时候，情愿做些与他性情相近的体力工作来赚钱。

例如，他可以造一只小船或是一道篱笆，种植、接枝、测量，或是别的短期工作。他有吃苦耐劳的习惯，生活上的需要很少，精通森林里的知识，算术又非常好，他在世界上任何地域都可以谋生。他可以比别人费较少的工夫来供给他的需要。所以他可以保证有闲暇的时间写作、冥想，把自己想象得像一阵风儿一样。

从他的思想和行为中，我们还可以读到梭罗鲜为人知的情感生活、一些被《瓦尔登湖》的盛名所遮蔽的诗作，甚至可以从他的私人日志和摘录笔记中感受到梭罗独特的个人魅力。曾在梭罗家乡康科德生活过的传记作家理查德森曾这样写道："传记始于性情的神秘，在叙述中活着，目的却是超越它，达到'复活'。"他认为，阅读并了解梭罗，是为了重新发现内心的野性与自由。

所以，梭罗才会说："每个生命，就像每一阵风一样，都在'记录着自我'。"这也正如梭罗在其所写的一本书里讲的，

生命应该像风儿一样

他一生中的经历算是比较写实的。个人对他本质中自我剖析和思想的不断思考,通过文字和小花看到他的不完美和一颗超凡脱俗的心灵。其实,我们每个人都是世间凡尘中的一粒尘埃,活在当下,活出自己想成为的模样。因此我们应抛开世俗的枷锁,提醒自己就像每一阵风一样,风吹过原野,会吹生出千姿百态,在这样的景象里,一切都有无限可能。

够得着的快乐

刘世河

扫码听读

在我家楼下的一间车库里，住着一对中年夫妻。男人每天骑着三轮车去附近的菜市场门口卖煎饼馃子，女人的腿患有严重的风湿，行走不便。一年四季，都可以看到这个女人一成不变地坐在门口的小板凳上，或帮男人择些青菜，或捧一本书很认真地读。有时候，什么也不做，就静静地坐在那里，笑容满面地看着来来往往的人群，一副神态悠然、幸福祥和的样子。

有一次，我被她一脸的阳光所感染，主动跑过去跟她搭话，才知道原来她来自沂蒙老区的一个小山村，当年学习成绩

生命应该像风儿一样

一直都很好的她曾因家境贫困,无奈放弃了高考。退学后来到这个靠海的城市给一家水产养殖户打工,常年下水,也因此落下了风湿的病。后来,她就遇到了现在的老公。

她说,她非常喜欢读书,尤其羡慕我们这些会写字的人,能畅游在文字的海洋里多惬意呀!他们有一个十三岁的女儿,一家人吃喝拉撒都在这间不足二十平方米的小房子里,生活的艰辛与寒酸可想而知。然而,从这个女人脸上,却看不到一点儿忧伤。她说,其实我很幸福的!第一,我遇到了一个好男人;第二,我有一个聪明可爱又懂事的女儿;第三,我只是腿有点儿不灵便,其他部件儿都很好呀!日子再苦,也能熬过去,熬过去就不苦了。尤其,我不能让老公和孩子看到我脸上的愁苦,因为那样的话,即使他们在外边有什么开心的事情,也会被这愁苦所钳制。老公每天那么辛苦养家,孩子努力学习,我怎么忍心让他们不高兴呢?

女人说这些话的时候,眼睛里始终有灵动的光晕在闪烁。她说,她只是为了让那个每日辛苦养家的男人还有年幼的女儿,回家后第一眼看到的是她的笑脸。

我不由想到一则故事:很久以前,有一个富翁和一个穷人曾经谈论过什么是快乐。穷人说："快乐就是现在。"富翁一脸不屑地看着穷人寒酸的茅舍、破旧的衣衫，轻蔑地说："这叫什么快乐，我的幸福可是百间豪宅，千名奴仆啊！"过了不久，一场大火把富翁的百间豪宅烧得片瓦不留。树倒猢狲散，奴仆们也各奔东西。一夜之间，富翁沦为乞丐。炎热的夏天，汗流浃背的乞丐路过穷人的茅舍，想讨口水喝。穷人端来一大碗清凉的水，问他："你现在认为什么是快乐？"乞丐可怜巴巴地说道："快乐就是天能够尽快凉快下来，快乐就是马上就能解渴，快乐就是此时你手中的这碗水。"

显然，今非昔比的"富翁"把快乐的标准由"豪宅百间，奴仆成群"降低到了普普通通的"一碗白水"上，他也终于彻悟：人只有把快乐的标准确立在能力所及的范围之内，才可以让快乐变得唾手可得。

很多时候，我们之所以感觉不到快乐，就是因为我们把标准定得太高，正所谓，人心不足蛇吞象。蛇只能吞个鸡蛋、麻雀啥的还行，大象是蛇断然无福消受的，倘若一味地妄想吃掉大象，那必然一生都与快乐无缘。而那些近在眼前伸手就能够得着的"鸡蛋、麻雀"，才是生命中最真实的快乐。

第十颗龋齿

章铜胜

朋友的牙一直不好,自他成年以后,牙齿便陆陆续续地开始坏了。到去年年初的时候,他已经坏掉九颗牙了。掉过牙的地方,修修补补,虽然并不太碍事,但朋友再也没有了往日的神采,总是能隐约地感觉到他在某些场合的那种不自在,虽然我也说不清楚其中具体的原因。

去年,朋友的第十颗牙又开始闹毛病了,先是有了炎症。有过之前坏牙、掉牙的经验,朋友想,还是先忍着吧,等炎症过了,也许就好了。已经掉过九颗牙了,朋友对口腔里留下的牙齿分外爱惜，比我们对于一颗牙齿的态度，要慎重得多，也复杂得多。这一点，我大概也能理解。有时见面了，我也会问他一句，牙好点了吗？如果得到的答复是肯定的，我也会为他而高兴。

朋友的第十颗龋齿在初次发炎后不久就好了，一切又仿佛恢复了往常，这是件值得庆幸的事。可是没过多久，他的那颗龋齿又发炎了，再见到朋友时，看到他因牙痛而略显痛苦的表情，我也不好再主动去问他牙齿的情况了。如此反复数次，朋友和他的那颗龋齿，也算是患难与共地度过了这一年。

今年初，朋友的那颗龋齿又发炎了，似乎比去年的几次炎症都要严重一些，那颗龋齿还开始向他的颚内倾斜，影响到舌头在口腔里的自由转动，对正常的生活有些妨碍了，即便不在嚼东西，也总能感觉到有一些不舒服。朋友想，这颗牙齿可能和之前的那九颗牙一样，终是难以留住的。于是，他狠了狠心，决定去医院将那颗龋齿拔掉。朋友在拔掉那颗龋齿后说，感觉整个人都轻松了许多。我想，那第十颗龋齿对朋友来说，已经成为一种负担、一种时常提醒他的疼痛、一种无奈了。等到真的拔掉以后，朋友才会顿时感觉到身心少了一种负荷般的

轻松。这种轻松，只有经历过，才能真切地感受到，如我的朋友般。他用了一年的时间，纠结于一颗龋齿，忍着牙痛的难受与种种不便，最终还是选择了放弃，在放弃之后，才会有那种轻松与释然。

很多人都不曾经历过像我朋友那样的牙痛，也没有经历过在一颗牙齿的取舍上选择的艰难，但我们会在其他的事情上有过取舍的两难选择，这些选择对于我们的重要性，也许并不比我朋友的那第十颗龋齿小一些、简单一些。

还是在学生时代，有一年冬天时，我们第一次在老师的带领下，去学校附近的一个村庄，帮助果农修剪桃树。桃树种在坡度不大的小山坡上，树还不大，刚开始挂果不久的样子，有些树还没有长成形。老师在果园里，一遍遍地教我们给桃树修剪造型的要点和注意事项。然后，我们分组去帮果农修剪桃树。

有些果农舍不得我们按老师教的方法去修剪，总觉得我们下手太狠，剪除的枝条和芽太多，是不是会影响到果树明年的挂果和今后的生长。我们也尽量根据他们的想法，帮他们多留下了一些果枝。也有一些果农相信老师和我们，任由我们根据树形条件和需要去修剪，在尽量保持桃树合理树形的情况下，在每根枝条上也会根据位置和需要留下适当的芽眼。我们学到的理论知识，需要用实践去检验，而果农的取舍，也在一定程度上决定了这种选择的适当与否。

桃树修剪后的成效，在当年就能分辨出来。修剪合理的桃树，有了更适宜桃树生长的树形，它们挂果均匀，而且不易落果。那些舍不得修剪的桃树，枝叶看上去长得很旺盛，但挂果却不太好，挂了的果子，也容易落掉，果子长得也小一些。第二年，我们再去帮果农们修剪桃树时，他们也更信任我们，不再提自己的那些想法了，有些人还跟在我们后面学习给桃树修剪的技术。

对于一棵桃树的修剪，我们和果农之间，在做着各自的取与舍。经历了这样的过程后，这种取与舍，才有了一定程度上的默契，这和我朋友对待他的第十颗龋齿的态度，有些相像。每个人都会遇到自己的第十颗龋齿，只是我们在取与舍之间，还是会有一些难以做出的抉择。有时候，决定了的事情不一定就会有最好的结果，但你最终还是要做出取舍，选择之后，才会有放下的轻松，如我朋友拔掉的第十颗龋齿一样。

深耕一亩田

王南海

妈妈在乡下有一块地，不大，却依着农时，种着时令的蔬菜，一家人还吃不完。因为有了这块田，她每天很早起床，去地里浇水，除草，灭虫，每天都不停歇。

我总是问妈妈，其实几天不去地里，也不碍事的吧。妈妈说，一天不去，似乎没事，可是，土地是最有灵性的，你对它好，它必会百倍千倍地报答你。你看，种下的是小小的种子，却在土地中成长为花果蔬菜。

在一年春耕时，我曾在江西婺源的深山里，见到老农耕田。因为全是山地，边边角角，都是碎地，根本无法用拖拉机。于是，在早春油菜花田边，一对父子赤裸着双脚，踩在黝黑的泥地里。他们的前面是一头健壮的老牛。父亲在前面拉着老牛，儿子在后面推着，老牛缓缓地走过，翻起了更加黝黑的泥土。两个人脸上淌着汗，可是他们却非常开心地说："犁地，就要深耕，这样种出的庄稼才会丰收。"在我眼中，在田地耕作的父子，宛若一幅油画，涂抹在广袤的大地上。

其实，细细想来，我们每个人也许都是一位老农，耕作着自己的一亩田。没有什么是不付出劳动就能轻松收获的。也许，这亩田是我们的事业，是一个爱好，或是我们的人生。

记得齐白石老先生曾有一枚印章，上刻"砚田老农"四个字。他在晚年时写下："铁栅三间屋，笔如农器忙。砚田牛未歇，落日照东厢。"他把自己形象地比作砚田农，只有在书画的道路上，每日勤勤恳恳，不懈耕耘，才能在艺术上有所突破。据说，齐白石到了晚年，依然日日作画，他说："三日不作画，笔无狂态。"只有坚持着每日不停，才能无限地接近艺术的真谛。

生命应该像风儿一样

我经常会回到乡下农村,在山坳处有一个小村庄,那里以擅长做豆腐出名。这个村子里,家家都会做豆腐,可是张老汉的技艺却是最好的。当我慕名拜访时,他乐呵呵地说:"咱山里人啊,实在,纯手工,不用机器,要经过几十道程序。城里一个人可以做出成百斤豆腐,我们却产量非常少。"老汉邀请我们品尝,果然鲜美无比。老汉要进入豆腐房时,也要层层消毒,这时候他已然变成一个严厉的师傅,每个加工环节不允许丝毫差错。因为做的豆腐好吃,他开始小有名气,也会经常有电视台的人来找他拍节目。老汉却非常低调,他说:"我这个人没啥文化,我只知道,做一件事,只有精益求精,才能做到极致。"

其实,爱好也是一亩田。《等一朵花开》的作者林帝浣说:"可以做木工,为了打造一张完美的小凳子,耗上你所有的业余时间;可以去拍昆虫,为了等一只蝉蜕壳,能在森林里蹲上三天。可以练书法,为了写好欧阳询体,把整本九成宫每个字勾描下来写上一万次。"我喜欢写作,尽管写下的文字没有深邃的内涵,却也坚持不懈,每日搜集素材,缩短心和手的距离，坚持写下去就是了。也许每天的坚持，就像是老农耕田，也会慢慢地有所收获。

老农说："一分耕耘，一分收获。"其实，人生莫不是如此。春光明媚时，执着地耕耘属于自己的田吧，唯有信念、汗水、努力，才会让梦想开出灿烂的花朵……

向一朵云学习

陈晓辉

云在天上飘,站在地上来看,自然有种从容不迫、潇洒飘逸的风度。观庭中花开花落,望天上云卷云舒,身处红尘俗世,无数忙碌喧杂,很容易对天上的云生起遐思,要是什么时候人也能这么超脱潇洒多好!

但是,能成为一朵云,也不是那么容易的事儿。

成为一朵云,要接受太阳和高温的考验。我们都知道,云的前身是水,水经高温变成水蒸气,上升凝结而成为云。原本在池塘、小溪、河流、大海……与周围的小伙伴不分你我,忽然被火辣的太阳曝晒，被炽热的高温蒸烤……离开熟悉的环境，升腾转化涅槃，这个过程，恐怕不是仰望的人们所能想象的。

向一朵云学习，人生中的每一次困难和苦痛，都是一次高温的炙烤，经历过磨炼，才能升腾至高空，才有资格飘逸地俯视人生。

要做一朵云，还要学会接受。一滴水不能成为海洋，同样，一点水蒸气也不能成为一朵云。千千万万水蒸气聚拢凝结，才能成为一团美丽的云。而对每一丝水蒸气来说，经历了酷暑高温的磨炼之后，还要面对无数不同的水蒸气。别的水蒸气，是否自私，是否冷漠，是否虚伪……

向一朵云学习，生活中不总是遇到善良，遇到真诚，大多数人都有这样那样的缺点。水至清则无鱼，能否与各种各样的人相处，接纳各类人的缺点，反映了一个人的气度和胸怀，也决定了你是否能成为一朵云。

要想做一朵云，还要随时准备不能成为一朵云。云在天上飘，看似自由潇洒，方向却要由风来决定。虽然风的方向大致有其气象学上的规律，比如冬天北风吹雪花飘，春天东风暖

百花开，秋天西风起树叶黄，但对每一朵云来说，遭遇什么样的风，是完全不可控甚至不可预测的。一阵狂风，与另一朵云碰撞，云舍身沛然成雨，这是一朵云的宿命，也是一朵云的意义。而无论哪一朵云，哪怕它再洁白再美丽，也无法恳求风："不要让我成为雨，让我永远在天上自由飘荡吧！"

我们每一个人，无论有多大的权势荣耀、再多的金钱、再美丽的容貌，也无法恳求命运：让我永远身居高位、金银满屋貌美如花……天道循环生生不息，眼见他起高楼，眼见他宴宾客，眼见他楼塌了……人与云，终将会在泥土中相逢。

前几天风和日丽，和朋友出去吃饭，店家贴心地把餐桌摆放到了室外。有风，轻轻吹着，有水，悄悄流着，天上一片一片鳞鳞的云。朋友怅望良久，说，其实，我们每人都是地上行走的一朵云。

或许有用

张正

从旧房子搬出，我痛下决心，处理了一大批书籍、报刊和其他资料，卖给每日从门口经过的收废品的老人，得了四百余元。把自认为有用的书刊和纸张搬进新房，仍有许多让人纠结的资料堆在旧房子地上。妻子征求我意见：是处理还是保留？我犹豫半天，终究舍不得，好在旧房子我们还没有出手、出租的打算，我说：或许有用，先留下吧。我怕我在未来的某一天突然要用其中的某一件。有总比无好，为找某个资料急得团团转的事经常发生，明明记得某一本书中有的，那一本书就搁在某一个地方，去找，却没有，翻遍几架书橱也不见踪影，真怀疑家里来了小偷——书生之见，哪有窃书的"雅贼"？

我们把或许有用的资料堆在旧房子的小阁楼里，一眨眼一年多时间过去了。这一年间，我没有一次想到要用其中的某样资料；这一年间，我在新房子的书房里同样搜集、制造了大量新的或许有用的资料。近三米长的书桌上，乱七八糟堆满了书籍、杂志、笔记本、卡片什么的，被我剪下自己文章、开了"天窗"的样报也零乱地堆在一边，没有及时扔进废纸篓，只因为上面某一篇文章我认为某一天或许还有必要再细读一遍。而我书房里的废纸篓，清一次，两三天后肯定又满满的。我不知道，我到底扔掉了多少无用的东西，又留下了多少或许有用的东西；我在制造一些所谓的劳动成果时，又在制造多少事实上无济于事、无补于世的垃圾。

我们感到日子一天比一天烦琐、沉重，那是因为我们制造、保留了太多太多或许有用的东西。人的一生，真正需要的到底有多少呢？"鹪鹩巢于深林，不过一枝；偃鼠饮河，不过满腹。"一学者在论及这段话时说："人往床上一躺，你睡觉的地方也就这么大，不管你住的是三百平方米的豪宅，还是一千平方米的别墅,你实际需要的空间跟别人都一样。"然而,每个人的"实际"又是什么呢?我们追求许多,都是因为我们觉得"或许有用";当真淡泊了心智,无所追求,一个索然寡味的人生,真的能满足我们的"实际需要"吗?人的需要,不仅仅是物质的,还有精神的,当我们竭尽全力去追求并有所收获时,我们的肉身也许早已累得大汗淋漓、精疲力竭,我们的精神,却可以获得无比的愉悦。时至今日,我们的努力,有多少是为了满足基本的穿衣吃饭问题呢?

面对或许有用的一切,有所追求、有所舍弃,有所张扬、有所节制,也许这才是正确的态度。那些旧书旧刊旧报旧资料,我究竟该处理、保留到怎样的度呢?这是一个难题。好在这只是我个人生活中的一个小难题,无关"大节",更无关"国是"。

偷得小闲闲话"半"

蔺丽燕

中国的汉字，很有意思。就拿这个"半"字来说，字的上部原是"八"，意思是"分"。下部原是"牛"，合起来表示把一头牛从中间分开，也就是"一半"。细细咂摸，这洪荒宇宙，这山川万物，这流年四季，这人生况味，其实都包孕在"一半"之中。

拿人生的每一个阶段来说，童年，一半是大声地哭泣，一半是糖果的甜蜜。青春，一半是皎洁的忧伤，一半是馨香的明媚。中年，一半是精疲力竭的挣扎，一半是斗志昂扬的求索。

老年，一半是可数的岁月，一半是无价的回忆。

拿组成生命的每一种情感来说，友情，一半是清波荡漾的湖水，一半是熊熊燃烧的火焰。亲情，一半是义务，无法逃避，也不能选择；一半是权利，可以拥有，也可以享受。爱情，一半是鸡毛蒜皮的琐碎，一半是风花雪月的浪漫。

拿生活来说，一半是柴米油盐酱醋茶，一半是琴棋书画诗酒花。

拿日子来说，一半是步履匆匆的慌乱，一半是闲庭信步的惬意。

拿今天来说，一半留在了昨天，成为背景；一半放在了明天，成为期冀。

拿四季来说，春夏为一半，秋冬为一半。拿节气来说，春分半，秋也分半，平分着春秋，也平衡了寒暖。

拿人性来说，一半在阳光下，温暖宜人；一半在阴影里，冷酷到底。

拿一生来说，一半在失去，直到清零；一半在得到，直到丰盈。

拿智慧来说，一半来自读书，一半来自生活。

拿成长来说，一半来自自省，一半来自教训。

古人半部《论语》就可以治天下，可见，"半"之能量无穷。

古人有《半半歌》曰："半郭半乡村舍，半山半水田园……童仆半能半拙，妻儿半朴半贤。心情半佛半神仙，姓字半藏半显。一半还之天地，让将一半人间，半思后代与沧田，半想阎罗怎见？酒饮半酣正好，花开半时偏妍……"真可谓道尽"半"之风雅与禅意。

月满则亏，水满则溢。节令有小满，人生需两半。一半在泥土里扎根，一半在阳光下飞翔。一半怀揣着诗意，一半抵抗着苟且。

一半与一半，是太极的两仪，你中有我，我中有你。彼此呼应，彼此融合，生出了天地与阴阳，孕育了刚柔和乾坤。一半活在当下，且行且珍惜。一半活在将来，且思且深沉。

人这一辈子，努力追求的"刚刚好"，用这"一半"之智慧，便可实现矣。

丑橘

齐夫

我很少上街买菜，是典型的做好就吃，嘛事不管，因而就有些孤陋寡闻，少见多怪。偶尔一次陪妻去菜市场，看到一种相貌不端的柑橘，说圆不圆，说扁不扁，奇形怪状，标价还很贵，比一般柑橘要贵近一倍。妻说这叫丑橘，也叫丑八怪，别看样子差，吃起来特别甜。

民间素有歪瓜裂枣格外甜的说法，那些因故生得形状不佳的水果，都比一般果子甜。这些果子都很争气，既然我颜值不济，那就在内涵美上下功夫，糖分特别高，吃起来甘甜可口，

生命应该像风儿一样

不怕你不认可我。

贾平凹曾写过一篇散文《丑石》，院子里有一块形状丑陋的石头，又笨又重，干啥都没用，大家都很嫌弃它。可是后来被一个天文学家认出来了，原来是一块已有二三百年历史的陨石，非常珍贵，被送进博物馆珍藏。

还有书法界的丑书，近来也颇时髦。不同的是，丑橘、丑石的丑，都是天意所为，而丑书则是人故意往丑里写，写得歪歪扭扭，横七竖八，行不像行，隶不像隶，虫不像虫，兽不像兽。当然，丑书之说都出自别人之口，书法家自己可不这么认为，他还觉得心里挺美的。

人也一样，有丑有俊，有高有矮，都是父母所赐。生得俊朗有型的，你就好好抓住这一得天独厚优势，争取做到内外兼修，秀外慧中，做一番事业出来，以不辜负自己的一副好皮囊。生得其貌不扬的，也不必自惭形秽，努力练好内功，涵养能耐，学成一技之长，颜值不足本事补，毕竟靠本事吃饭比靠脸蛋吃饭要更实在也更长久。

就说西晋人左思吧，同为"金谷二十四友"，他的朋友潘安上街，因貌美而被倾慕者投之以瓜果，每次都能赚回一车瓜果蔬菜，他上街却因奇丑无比而遭人围殴，能带回半车砖瓦。但人家左思那才华却叫人服气，《三都赋》写成，风靡一时，朝野称颂，还留下一个成语就叫"洛阳纸贵"。妹妹左芬也格外争气，相貌与哥哥有一比，不相上下，才华也丝毫不输于哥哥，是有名的才女，后来居然被晋武帝封为贵妃，也是人生赢家。

旧时老百姓有"丑妻近地破棉袄"三宝之说，丑妻，因貌不出众，一般不会招惹是非、红杏出墙，更不会后院起火，丈夫可以放心大胆地在外边奔日子，挣前程。就像诸葛亮的丑妻黄月英，贤惠能干，婚后奉养公婆，教育孩子，从没让诸葛亮因家事分心，因此才成就了他的一番事业和千古英名。

据说，唐武德年间，钟馗赴京城应试，考得不错，却因相貌丑陋而落选，愤而撞死殿阶。这就有些愚不可及了。同样，莎士比亚、安徒生、马拉、贝多芬、托尔斯泰等世界名人，也都没有因为丑而挡住他们奋进的步伐，反而成了激励他们走向成功的动力。

橘丑、石丑、人丑，都不是问题，也没啥好担忧的。关键是橘丑要甜，石丑要有价值，人丑要有本事。反之，如果不仅

人丑，而且字丑，画丑，文丑，事丑，心丑，那就真的不可救药了。

爱美之心，人皆有之。丑橘若有知有觉，或许也会羞于见人，其实大可不必，你的甜蜜滋味，正得到越来越多人的青睐，一个个装进人们的菜筐。这不，我一口气就买了好几斤，回去准备大快朵颐，好好过把瘾。

幸福的
程序

幸福的程序

胡美云

周六早上送六年级的小丫头到舞蹈班上课，春意正浓，清风从面上轻轻撩过，瞬间将晨起时的困怠打扫得干干净净，心情理所当然地好起来。没话找话地和小丫头闲聊着：丫头啊，好好享受你的童年时光啊。多么无忧的童年时光啊，童年是最幸福的了。就像这春天，就像这清晨。

一面说着一面还沉浸在这番话所营造的幸福感里。小丫头倒是挺给力的，适时点头给予赞同，并配以满脸笑意。我却忽地灵光一现有了别的想法：刚刚的话何其片面啊。

遂立即向丫头更正：不对不对。童年固然有单纯无忧的幸福，但是，长大有长大的快乐啊。你看，有成为大学生的意气风发。成年了，就可以光明正大地谈恋爱了。恋爱是多么幸福的事啊。怦然心动，两情相悦，古往今来的人写就了多少优美的诗句篇章。

然后呢，幸福的恋爱当然是水到渠成地结婚呀。热闹喜庆，接受着所有亲朋好友的祝福，和相爱的人组成一个家，所以，结婚当然是幸福的啊。

小丫头也来了兴致，一双单眼皮的小眼睛里溢满了笑意，跟着接上：结婚后就会成为爸爸妈妈，会有属于自己的粉嘟嘟的可爱娃娃，想想就好可爱，当然也是幸福的事啊——小丫头是个极温暖的孩子，幼儿园时公开宣告的理想就是长大了当一名妈妈。

顺着小丫头的话，很自然地想起自己初为人母时，怀里抱着出生没多久的大丫头，隔三岔五地给远在安徽的母亲打电话时，那怎么也说不完的满腔喜悦与幸福。

陪伴孩子成长的时光是忙碌而悠长的，所以，成为父母的幸福感也是持续最长的了。那些幸福，来自那个粉嘟嘟小婴儿

成长的每一个新奇的第一次里：第一次发声叫出妈妈或爸爸，第一次蹒跚迈步，第一次握箸夹菜，第一次背上书包留下欢快的背影……

在成长的喜悦装满双眼里，不知不觉中年将近。关于中年人，当前倒是有个极流行的说法：最是疲惫中年时。之前看白岩松的《白说》，即使成功如他，书中一句"中年是一个前不着村后不着店的地方"，怕是也戳中了不少中年人的痛点了。想的莫不是身边至亲：老已老，幼尚幼。但是，换个角度想一想：上能养吾老，下能抚吾幼。忙忙碌碌便也有了忙忙碌碌的意义与幸福啊。

直至孩子上了大学长大成人走上社会，然后结婚生子，日子忽地安静了下来。这时候，倒是要调整好心情，学着享受闲适安静的人生了，或者三五成群去爬未爬过的山，游未游过的水。

最后，便是到了真正老了动不了的那一天，享受着被子女后辈的"上能养吾老"的幸福，安然老去。

原来，人生的每个阶段里，幸福是早就设定好的程序，所以，那些成长里、生活中偶尔而至的不顺和风波还有什么纠结与可怕的呢？

会与不会

郭华悦

饮茶之道,有会与不会。

会者,精通其中的门路。工艺、年份还有品种,望闻之间,信手拈来。从茶叶的辨别,到烹煮技巧,无不了然于心。最后,茶香入口,自是不俗。

会的初衷,自然是求好心切。把茶当成一门学问,摸索其间的门道,为的无非是去劣存优,能品到一杯好茶。而在这个过程中,需要的不仅仅是天分,还有时间和经验的积累。

但一门心思致力于"会喝茶"的人,最后往往会发现,自己在喝茶这条路上,越走越窄。"会"字之中,有太多框架与标准。最终,符合的总会越来越少。于是,入口的茶味,也就日益单一。

反倒是"不会喝茶"的人,有时更能感受到茶水之中缤纷各异的美妙。"不会"之中,没有标准,也没有束缚。对于不如意之处,不去介意。每一次与茶的邂逅,都能在不同的形与味之间,寻找到美妙之处。

人处于世,也得面临会与不会的选择。

会做人的,于为人处世之道,自有一套固定的模式。最终,能被纳入生活轨道的,自然都是大同小异的。正如一杯茶,喝着喝着,味道却日益单调。最终,前路越走越窄,很难再品出什么新滋味了。

"会"字之间,有着摸索与门路,但同时,也难免带着主观与偏颇。有时,要撇开主观,需要的反倒是"不会"。因为"不会",内心得以放空,腾出空间接纳新事物。

"不会"做人,有时源于无知。但也有这样的时候,观尽世态,心间仍秉持着"不会"的初衷,以赤子之心处世,对身边的人与事充满了好奇心与新鲜感。这样的"不会",是一种虚怀若谷的处世姿态。

饮茶如人生。有时,不会是一种比会更可贵的品质。

且行且止

陈翠珍

前几天,收到好久不见的发小的留言:最近没事吧?有些莫名其妙,我回复她:没事啊,怎么了?她回复,你微信运动步数天天占领我封面,最近几天却没怎么走,所以问问你啊。我发一个笑脸给她:放心吧!我很好。发小提醒我,每天步数要控制在两万步以内,走太多伤膝盖。

收到一份纯粹得无法再纯粹的关心,温暖扑面而来。坚持走路运动,已经好几年了。几年前,单位与家之间,有一段路重修。开车需要绕行,多出好几里地,还拥堵不堪,每次恨不得变成一只鸟飞过去。如果步行，从路边就可以穿过，我可以悠然地沿着人行道，不紧不慢地走。

从此，爱上了步行。不开车，远离了风驰电掣，眼睛也不再只盯着车前的路。我欣喜地看见了草地上悠然觅食的鸟儿，它们也远远地有些警惕地审视着我。我微笑着悄然走过，不打扰，但我们互为对方的风景。我看见了安静地开、沉寂地落的玉兰花，与它们擦肩而过，也看见了叫不出名字却宠辱不惊开着的小野花，并与它们握手言和。我与热情似火的夏阳亲密接触，汗流浃背，也与万里湛蓝窃窃私语，偷偷牧云；我与铺满地的金黄的银杏叶嬉戏，也与秋夜清冷的满月竞走；我与一望无际的冬天的辽阔拥抱，也与满世界的雪白狭路相逢……日子缓缓走过，心情也在行走中，被风景疗愈。

有一次，去参加全民运动的徒步走活动。在动员大会上，参加动员演讲的领导说，美国心脏病学之父怀特曾称，行走是健康成年人应该坚持的规律性终生运动方式。各国的元首很多都是行走健将，罗斯福通过行走缓解了哮喘，艾森豪威尔通过行走使心脏病得到改善，邓小平经常散步，还走出了一条"小平小道"。于是，一群人，一起走，近万人的队伍，徒步十公

里，竟很少有掉队的。

现在，越来越多的朋友开始步行，体会步行的好处。每天晚上，在微信运动里，总有新发现：原来他（她）也在这里。年过半百的马姐姐，坚持走了半年后，去体检，三高指标都正常了，她说这是意外的收获。她不再满足于走路，开始跑步，几年下来，她竟然参加了马拉松，成了名副其实的"励志姐"。同办公室的一个妹妹，走路健康自己的同时，还在做公益。她每天捐步数，捐操场，在荒漠种树。几年下来，她已经种了十几棵梭梭树，参与建成了山区的好几处球场。

行走是一件美好的事。我们每个人，不都在纷扰的红尘中行走吗？从呱呱坠地到迈开双脚，我们就开始在熙来攘往中，玩起追逐的游戏，像一只旋转不停的陀螺，忙碌，眩晕，甚至会窒息。有时候，在忙碌中偶尔抬头，看到办公室窗外那只停歇的白鸽，正与你隔窗相对。你和它对视的瞬间，你的心忽然就有了片刻的安宁；也可以像身边悠然走着的行人，低头看看路边开着的小野花，虽然你不知道它的名字，它却不管不顾地兀自绽放着自己的生命，你的心灵忽然就得到了安顿。所以，我们与大自然的每一次交融，我们在路上的每一次行走，又何尝不是人生中的一次短暂的休憩，何尝不是激情奔走中的一次缓冲？生命很短暂，该奋斗的时候就竭尽全力去奋斗，该歇歇的时候就停下来，与自己在一起，与自然和平相处，这是不是人生的一种境界呢？

许慎曾在《说文解字》中说："行，从彳从亍，彳，小步也。亍，步止也。"多么恰如其分的解释，行中有止，且行且止。许慎似乎也在提醒我们，时走时停，才是人生的最高境界。因为，你走或不走，风景就在原地等你。所以，放松心情，走走路。且行，且止。也许，这就是我们的人生。

倾听蒲公英的愿望，不再擅自决定他的去向。

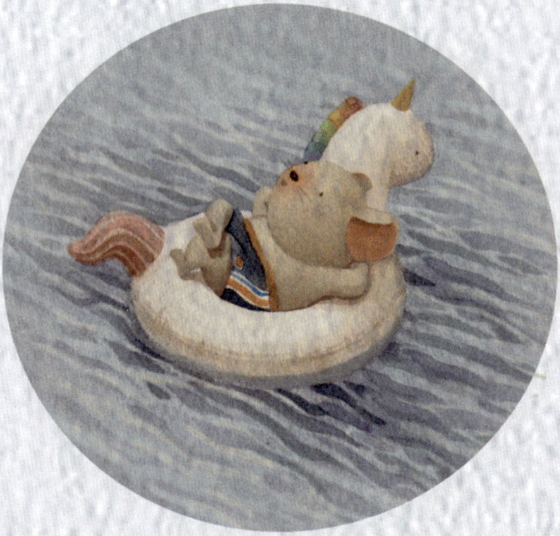

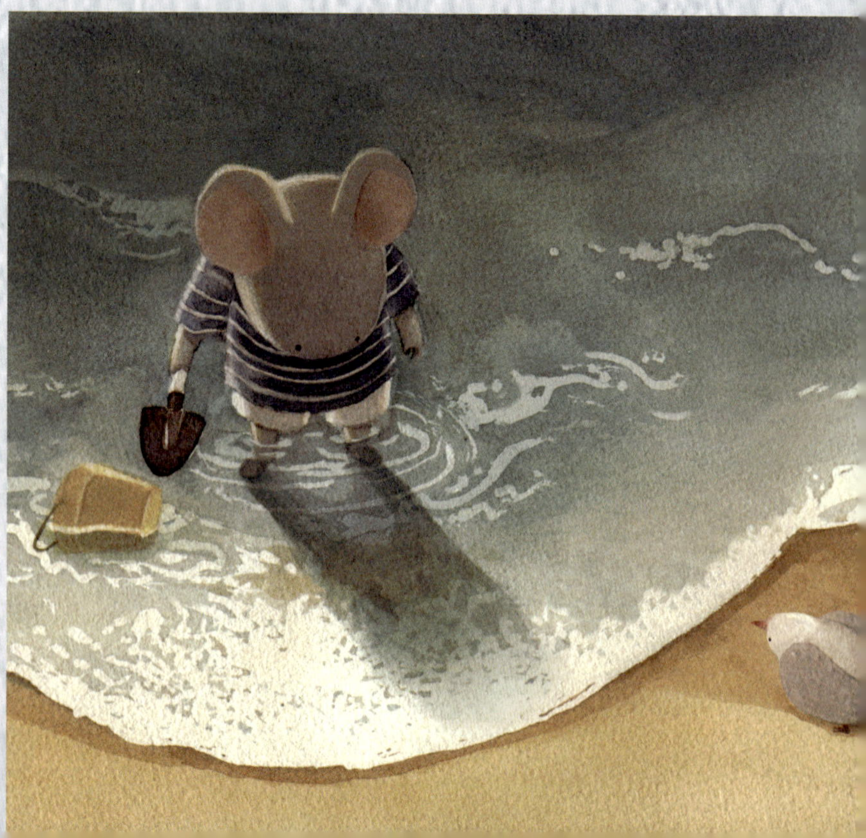

去海边吧,让海水沾湿脚丫,一路裹着细沙,沿着长长的海岸线,看海雾里的第一缕阳光,等待海面升起月光吞没夕阳。

我把星星挂好,
希望这点点星芒能听到你的愿望,
微光穿过窗,洒进你的梦乡。

小时候放声大哭,
因为得不到想要的东西,
长大后默默叹息,
因为原本可以。

以前总想离开家,
如今
思念却在生活的细节中
逐渐叠加。
想念清晨的饭香和厨房的嘈杂,
更想念常常拌嘴的我们仨。

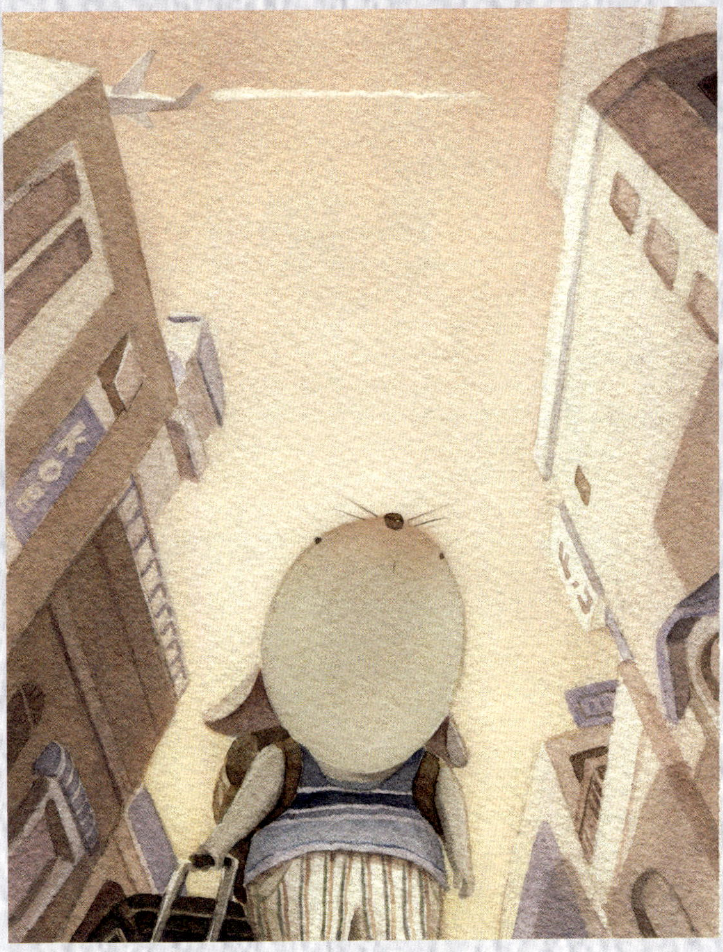

那一闪而过的美好时光里，
能够相遇是件多么幸运的事。得知
你有了新的朋友心底不免失落，
但想着在那个没有我的地方
有他们陪伴你，有些许释然

抽身而去

孙克艳

我在写作的过程中，时常会遇到一些困难。想前进，却无法排除障碍；后退，又总是无法与自己和解，就感觉自己被卡住了。有时，是因为写不出来；有时，是因为写出的东西达不到预期；有时，仅仅是因为无法捕捉到那个恰如其分的词语，一个形容词，或一个动词。因此，便停滞不前。

于是，坐在电脑前，盯着文档白色的背景，真切地感受着自己被困在一团迷雾中，无法挣脱，无法自拔。脑袋和身体，都陷在被扩大的焦躁与茫然中。遇到这样的情形，即使逼迫自己沉静下来，也总是无济于事。

有一次，又遇到这样的情形了，我索性合上笔记本电脑，走出房间，给自己倒了一杯茶。然后，坐在阳台边，先是看了一会儿阳台上的花草，接着一边喝茶，一边看着窗外车来人往的街道，然后是整个城市，以及远处连绵的群山。它们，是一幅静止的画，也是一幅流动的画，应时而动，悄然而变。

忽然，我的心像是被什么撞了一下。随后，我听到一条小溪潺潺而流的声音，不疾不徐，从容而恬静。就在那一瞬间，我明白了那篇文章想要表达的情感，以及它的格调与主旨。我再次打开文档，很快完结了那篇文章，迅捷而精准，连自己都觉得欢喜。

灵感也好，神思也罢，它们有时候，就像一条顽皮的鱼儿，似乎就在你眼前游荡，可你就是抓不住它。而你越是着急，它就越是想和你玩捉迷藏的游戏。

这时候，就应该抽身而去，让自己与心中所想隔开，让大脑放空。只有这样，才能让刚才已经被填塞得满满当当的身心，有新的空间，从而容纳进新生的念想。在倒进一杯新的茶水之前，首先要做的，就是把旧的茶水倒掉。

人们常说"当局者迷，旁观者清"。在迷与清之间，隔着的，可能是一条无法逾越的鸿沟；也有可能，仅仅是一条干涸的小河。是否能从迷惑跨越到清晰，一个很重要的因素就是，你是否能抽身而去，褪掉已经被层层枷锁包裹着的身心，站在一个"出离"的角度，甚至是以旁观者的立场，去重新审视你之前面对的困局。

大多时候，并不是我们没有能力，或者无法解决眼前的难题或困惑，只是因为自己本身，已经成为困境的一部分，从而干扰了对问题真实而客观的判断与抉择。正所谓"只在此山中，云深不知处"。我们只有跳出来，暂时将激烈的情绪和疲惫的身心搁置在一边，将身心放空，才能重新审视我们面临的问题，从而找到合适的解决办法。

也许，要不了多久，那条你曾经费尽心思都捕捉不到的叫作灵感的鱼，它就会自己游过来，跳入你的手心里。

不止写作，很多事情都是这样的。当你身陷其中而不得其解的时候，不要急于解决问题，让自己身处困境甚至焦头烂额而身心憔悴。先让自己抽身而去，与面对的问题和面临的环境保持一定的距离后，冷处理一下，再次审视之前的困境。如此，更容易看清它的本质，而不是"横看成岭侧成峰"，甚至犹如盲人摸象一般，只知其一不知其二。

也许，只是一个恍惚过后，你便能心领神会，从容应对。就像陆游诗中所言的那般："山重水复疑无路，柳暗花明又一村。"

成功往往缘于没有

葛瑞源

三人要去远行，只有雨伞和拐杖两件物品。临出门时，A考虑天气阴晴难测，带了雨伞；B考虑路途坎坷，带了拐杖；能带的两件物品都被A和B带走了，C则什么也没有带。

路途中，A因淋雨患染感冒一病不起，B因腿部跌伤骨折动弹不得，而只有C到达了目的地。

后来，他们三人又聚到了一起，不由得谈起当时远行时的实情。

带雨伞的A说：我只带了雨伞，却没有拐杖，只能选择平坦的路走，所以没有跌伤，但因为我有雨伞，就无所顾忌地在雨中继续行走，反而被淋湿了。

带拐杖的B说：我只带了拐杖，却没有雨伞，只能选择天晴时行走，所以没有淋雨，但因为我有拐杖，遇到不好的道路继续贸然前行，反而跌伤了。

什么也没有带的C说：我没有雨伞，也没有拐杖，当大雨来时我躲着走，当路不好时我绕着走，所以没有淋湿也没有跌伤，最终到达了目的地。

这个三人远行的故事太具有哲学意蕴了。许多时候，我们不是失败在自己的没有上，而是失败在自己的拥有上，因为没有常能给我们以警醒，谨慎前行，使劣势转变为优势，抵达成功的彼岸；而拥有却有时被我们错误地使用，成为心理的羁绊、行为的固执，使优势转变为劣势，遭受惨痛的失败。我们每个人必须珍惜拥有，善用拥有。

无独有偶，下面这个故事也会给我们许多启迪。

有个男孩从小就跟着师傅练柔道，但这个男孩却在一次车祸中失去了左臂，很多人都劝他不要练了，一个失去左臂的人怎么能与一个正常人比赛柔道呢？但这个男孩太喜欢柔道了，

不管别人怎么说，仍然照练不误，他的师傅对他教得也非常认真。尽管男孩学得不错，但是他的师傅却自始至终只教他一招，而且对他说：你只需要练好这一招就够了。

有一次，师傅带男孩去参加比赛，决赛对手比他健全，比他高大，比他强壮，虽然一开始时男孩显得有点儿招架不住，但是当他使出那一招时，就很快制服了对手，赢得了冠军。

很多人对此大惑不解：那一招果真那么厉害吗？那一招真的能使一个失去左臂的人赢得柔道冠军吗？

男孩也同样感到奇怪，便去请教师傅。师傅告诉了他其中的奥妙：第一，你经过苦练，几乎完全掌握了柔道中最难的一招；第二，破解这一招的唯一办法，就是对方必须抓住你的左臂。

在柔道比赛场上，男孩没有左臂的劣势，反而使对方无可奈何，却成了男孩最大的优势。男孩就这样以勤补拙，终有所成。

自知者明，自胜者强。人生在世，当我们拥有许多的时候，切不可自以为是，或者轻懈怠慢，更不能忘乎所以。但当我们并不拥有，甚至一无所有的时候，也无须悲观失望，或者妄自菲薄，更不要自暴自弃。因为，拥有和没有虽然是对立的，但却是辩证的，关键是我们如何认识，如何对待，如何把握，如何努力。成功往往缘于没有，时常因为没有，所以获得成功。

钓不在鱼

鲍海英

阳光明媚,春暖花开。赶在晴好的假日,我又去公园闲逛。公园的南端有一池塘,有一位老者,正在那里钓鱼。

这位老者,一年四季,除了水塘结冰外,每次我逛公园,似乎总能看到他提着鱼竿,静静地坐在板凳上钓鱼。

看到这位老者钓鱼的场景,至少也有一两年了。一两年的时间,他一直坚持蹲守在这里钓鱼。

或许他每一次垂钓,收获不少。否则,风吹日晒,他怎能有如此的恒心和毅力?

我轻轻走过去，把目光投向他的鱼桶，让我惊讶的是，鱼桶里只有两尾活蹦乱跳的小鱼。

我忍不住问他："大爷，这池塘里也没什么大鱼，我看您常年在这里钓鱼，每次也只能钓几尾小鱼，为何还要受这个罪呢？"

见我问他，大爷把目光从水面收回，对我笑着说："你以为我只是为了鱼呀？要是那样的话，还不如直接到市场去买。两年前我退休了，在家无事干，就迷上了在这里钓鱼。你看，这公园里，花红草绿，水清天蓝，提着鱼竿，屏住呼吸，静静地立在河堤，呼吸着清新洁净的空气，五脏六腑都觉得舒坦！"

看过一篇文章，说钓鱼者有三重境界。"坐观垂钓者，徒有羡鱼情。意思是，看别人钓鱼，自己也想去提上鱼竿。此为一重。"静夜水寒鱼不食，满船空载月明归。"钓到深夜，即便空手而归，第二天还会收拾行囊奔赴钓点。此为二重。"钓尽天下鱼，笑看鱼飞来。"意思是，不在乎渔获多少，只为河边一坐，享受怡然自得。此为三重。

对前两重境界，很多人都能够体会。对第三重境界，我觉

得，和垂钓于渭水之上的姜太公，倒有几分相似。只不过，太公钓鱼虽不为鱼，却是在等圣明君主的到来。而我眼前这位老者，才是不折不扣的"钓不在鱼"。

人在中年，我很难想象"钓不在鱼"的意义。因为做任何事情，我不会不问收获和结果。

少年时，寒窗苦读，为的是金榜题名。工作时，勤恳努力，为的是养家糊口。人生只有到了晚年，或退休时，作为一个垂钓者，我们才能体会到第三重境界的风轻云淡。

年轻时，我们很难理解"钓不在鱼"，那是因为我们把收获和结果当作了奋斗的意义和目的。你想想，一个年轻人，经历了风雨，如果不见彩虹，是一件多么伤心难过而又失望的事。

我们每一个人，其实都是生活的垂钓者。只有经历了少年、青年、中年，到了老年，我们才能理解"钓不在鱼"的超脱境界。

人只有到了晚年，等到放下欲望和功利时，才能明白"钓不在鱼"的意义，才能体会到人生的真谛。

跌一跤,且坐坐

崔鹤同

那是1991年夏,高考的前一天。我二女儿去学校上最后一次晚自习。快11点了,她还没回来。我心里有点忐忑不安,就到马路上去看。正巧,看到二女儿没精打采地走过来了。

"你的自行车呢?"我感到有点奇怪。她骑走的可是一辆刚买的凤凰牌女式车。

"给偷走了!"二女儿哭丧着脸说。

"哦。丢了就丢了!"我拉着她的手,"快回家吃饭,早饿了吧!"

回到家，我只字未提丢车的事。

第二天，二女儿正常去参加高考，那年，她如愿考上了大学。

后来二女儿告诉我，那天晚上她见我再也没说丢车的事，很快又呼呼大睡，她也放心地睡了。她问我，"爸，那晚你咋不说丢车的事，也没告诉妈？"

我说："车已经丢了，不能再丢了睡眠！那样不是加倍的损失吗？"

是呀，人生怕的不是失去了什么，而是不知道及时止损，那样会失去更多。

记得我1964年参加高考。我爱好文学，满心期望能上大学中文系好好深造，将来能成为一个作家。那年高考录取率还很低，我落榜了。那天晚上，我呆呆地坐在马路边，闷闷不乐。母亲悄悄地走过来，轻声细语地对我说："考不上不要紧，上大学不是唯一的出路。通向人民广场，不止一条路。"

母亲只是在扫盲时才识得几个字。可她说的"通向人民广场，不止一条路"，多么好，多么富有哲理。这句话像一盏明灯，照亮了我的心，也点燃了我对生活的满腔热忱。第二年，我去了新疆，在社会这所大学校，在火热的生活中，去寻觅我五彩的文学梦。

丰子恺画了一幅画——《跌一跤，且坐坐》，画的是一个行路人跌坐在路上，包裹和雨伞放在旁边，漫画上角题写"跌一跤，且坐坐"。这是丰子恺在抗战逃难过程中完成的。别人在逃亡中，跌倒了，又气又悔，恨不得立马爬起来往前冲。他可不这样，反正跌倒了，干脆就坐在地上休息会儿。他一直教育子女，做人要乐观，凡事顺其自然，安乐平和地去面对一切，哪怕在逃难中，也不要错过身边的风景。

泰戈尔说："当你错过星星而伤神时，你也将错过月亮。"冰心说："无论什么事发生，生活仍将继续。"跌一跤，且坐坐。不急不恼，定定神，喘口气，攒足劲，再满怀信心地朝前走，走向诗与远方。

一滴清水的修为

熊仕喜

大多数人都喜欢听别人的夸赞，我也不例外。因为平常也发表了一些小文章，身边的一些朋友看见我就以"作家"相称，我也知道自己的斤两，嘴里说着"饶了我吧，别笑话我了"之类的话，可是心里却有点小小的得意。

朋友们，这样的情形不知你遇到过没有，见到长相平平的女子，你称她美女，她会笑靥如花；见到五十多岁的妇女，你喊她阿姨，她也许还会跟你急眼；就连一个副科长，你也得把"副"字省掉，或者干脆称他"领导"，这样他才会春风满面地跟你说话。

不是世界很虚伪,而是我们还达不到心清如水、心静如水的境界啊!

现在不是流行自媒体嘛,我也跟着赶时髦,搞了个公众号,整天关注有没有"涨粉",有没有人"点赞",偶尔冒出一两个"拍砖"的,我还会莫名地生起气来。

我从不觉得自己有多虚伪,但我也承认自己的心胸不够宽广。看看杨绛先生吧,她说:"我既然是一滴清水,何必要吹成肥皂泡?"多么高远的境界啊!像一滴有思想的清水,绝不会幻想着要变成肥皂泡,因为她深深地知道,膨胀的肥皂泡逃脱不了破灭的结果。我喜欢杨绛先生的豁达,也很喜欢她翻译的那句诗:"我和谁都不争,和谁争我都不屑。"

争名夺利的多,名利面前不动心的少。没有狂妄自大的吹嘘,只有与人无争、与世无争的淡泊,这是一种境界,是一种修养,也是我们需要努力的方向。

孙犁是我国当代著名的文学家,南开大学曾为他个人举办"学术讨论会",碍于同事情面,推托不掉,但他仍提出了让大家畅所欲言,而他自己本人不参加的要求。很显然他明

白"讨论会"上大多是溢美之词,而他需要的并不是别人的吹捧与点赞。

两获诺贝尔奖的居里夫人,她把奖章给自己的孩子当玩具。因为她的心思不在过去的荣誉上,她把精力放在科学事业的探索中。古今中外,成就大事的多是虚怀若谷的人。只有谦虚好学,才能修身养性,才能牢记自己是一滴清水,而绝不会变成看上去很有光彩的肥皂泡!

一滴清水的修为,或许我们都还要走很长很长的路。

预订希望

王继怀

看到一朋友发的朋友圈,说要预订希望。觉得很好奇,于是问朋友:预订希望具体指什么?朋友说就是给自己预订一个目标,完成后给自己一个奖励,实现一个心愿,让自己想着这个希望能开心快乐,想着这个希望有干劲。

朋友的这条信息,让我想起儿时的故事。我小时候也曾给自己预订过希望。儿时的我生活在大山深处,大山里交通很不方便,没有汽车,没有火车,就是自行车也是没有的。记得有一次我随父亲去邻县的润溪镇赶集,第一次看到了火车,让我很是羡慕，于是跟父亲说，我想坐一次火车。父亲说："期末拿了奖状回来，就带你去坐一次火车。"记得那时，为了这个预订的希望，我读书非常用功，想着这个预订的希望，想着能坐火车，就特别开心，就有使不完的劲。那年期末，我真拿回了奖状，父亲也兑现了诺言，带我第一次坐了火车。尽管这件事过去很多年了，但这个预订希望的故事，却一直印在心里，时常浮现在脑海，现在还不时想起。

预订希望，也使我想起曾经坐出租车，与出租车司机的一段谈话。这位出租车司机来自农村，他说他每年都要给自己预订一个希望，给自己一个目标，每年他都会为了自己预订的希望努力，每天想着预订的希望，想着那美好的情景，就觉得很开心，就觉得不累，即使遇到了一些挫折，遭到了一些不快，想着预订的希望，想着那美好的憧憬，就觉得困难、不快都是浮云，正如一句流行语"那都不是事"。他说通过自己的努力，每年预订的希望大多都实现了，他很开心。他说现在两个小孩都上了大学，在老家也建了新房，每天朝着预订的希望努力，觉得生活很美好，很充实，很有意义。他说，接下来将继续每年都给自己预订希望，让自己朝着希望奔跑，朝着希望努力。

学会给自己预订希望,也许就是在实现这一个个希望的过程中,让你工作更努力,心情更美好,生活更充实,取得更好的成绩,得到更好的成长,让你的人生更美好。

只爱如意者一二

崔修建

去杭州开会，经好友引荐，结识了美食家陈先生。

我对饮食不大讲究，酸甜咸辣的各色菜品，皆来者不拒，从不挑剔。

那日，听陈先生聊起杭州有一家百年老店的鱼做得特别地道，其最负盛名的是清蒸鳜鱼，每天限量供应，想品尝须提前预订。

好友吃过天南海北的各类鱼宴，蒸、煮、烹、炸、烤的鳜鱼，均已多次品味过。闻听陈先生的一番夸赞，不禁立刻心驰神往起来，恨不得马上赶往那家名店，一尝为快。

陈先生也是一个爽快人，他马上打电话给饭店老板，看看能否预订上那道最有名的清蒸鳜鱼，他想尽一下地主之谊，招待一下我这个新朋友。

跟陈先生交情很深的老板，直言相告：再过两天吧，兴凯湖的鳜鱼就运到了。

原来，鳜鱼对水质、水温的适应性很强，江南江北许多地方都盛产鳜鱼，但各地的鳜鱼品质各异，尤以中俄边界的兴凯湖出产的纯天然鳜鱼（当地人俗称鳌花鱼）最为珍贵。

难却陈先生的盛情，我便在杭州多住了两天，只为有缘一同品味那道佳肴。

走进那家百年老店，我和好友立刻被店内独特的装修风格深深吸引住了，那各种各样的和鱼有关的饰物、图片、文字，琳琅满目，直叫人慨叹其鱼宴文化实在太浓郁了。

一杯清茶未尽，服务生给我们上菜了。

咦，不对啊，服务生竟一下子端上来两盘一模一样的清蒸鳜鱼，还有两盘一模一样的清拌笋丝。然后说，菜上齐了，请我们慢慢享用。

好友和我一样颇为疑惑,惊讶地望向老陈:明明此店经营着数十种口味不错的菜品,老陈为何偏偏只点这两种,且每样还要重复地点两盘呢?

老陈笑了:"这里美味的菜的确挺多,但今天只推荐我钟爱的两种,请二位尽情品味。"

"是不是美味不可多得呀?"我仍有些不解。

"至爱的美味,若可得,当尽情得之。"老陈的美食之道新鲜,又别有意味。

听了老陈对菜品的精妙点评,再细品那堪称至味的一荤一素,其绝美之处实难形容,我便不顾吃相地大快朵颐。

好友边吃边啧啧赞叹:"就连寻常的笋丝,也做得这么不同寻常,真乃烹饪大师啊。"

"其实,每个烹饪大师,最拿手的菜品也不过那么几道,我们也应该只爱自己最如意的一二。"老陈的美食经真是耐人寻味。

"人生亦应如此,只爱如意者一二。"我不禁心生感叹。

"既然人生不如意者十之八九,那就好好地爱那如意者一二吧。"好友亦有同感。

生命委实太短，被某些不快所缠绕，或者纠结于某些烦恼之事，实在算不上聪明。

一位年过九旬的老者，依然耳聪目明，说话声音洪亮，条理清晰。问其养生之道，她笑曰：非常简单，心里只装欢喜的事，自然活得轻松。

没错，谁的生活里能够没有一些烦恼事呢？聪慧的人懂得将烦恼的事推到一边，给自己找一些快乐的事，多去欣赏美景，多去遇见欣悦，让欢喜常驻心田。

读过一个励志小故事：一位登山者因一次意外，摔断了双腿，他却笑着告诉别人，还好，他心头登攀峰顶的梦想还在。多年后，他借助一副假肢，攀上了非洲的最高峰。

许多人赞赏登山者的乐观与坚强，我却欣赏他在遭遇生活打击时，依然"爱我所爱"，双眼紧紧地盯着自己喜爱的运动，至于人生路途上那些艰难险阻，真的不必过多地在意。

与其抱怨生活中不如意的十之八九，不如投入地只爱那如意者一二。如此，幸福便自然会更多一些，人生会更精彩一些。

心有远意

马庆民

去朋友家串门,恰逢朋友刚刚作完一幅画,来不及引座,他便带我上前欣赏。

朋友笑盈盈地问:"你看这幅画如何?"

"不愧是大师之作!"我自知朋友是国家一级美术师,对中国山水画造诣颇高,自己虽不懂绘画,但心里认定必是上乘之作。

谁知朋友哈哈大笑,"我不是要你的恭维,你谈谈对这幅画的看法,找找瑕疵。"

我"假模假样"地端详片刻，说："感觉有点糙，不够精致，是不是知道我来，偷工减料了？"

朋友用双手将画撑起，退到阳台上，"你再看看？"

"咦，有点意思。这个距离再看的话，好像山突然有了灵气，水也似乎缓缓流动，着实妙哉！"我不解其意，直言问道："难道此画只可远观？"

朋友将画放回，递过来一杯茶，慢悠悠地说："这就是国画的魅力——远意！这种'远意'，就是中国传统绘画到了成熟阶段之后最深层次的追求。"

见我一头雾水，朋友便又换了一种说法，他把"远意"比作我们之间的关系：虽志同道合，交往多年，又同住一个小区，却没有整日黏糊在一起，始终保持着一种距离，既朦胧，又不疏远，所以才能相处不厌，静静地欣赏着彼此的美。

从朋友家出来，我一直琢磨朋友口中的"远意"。我想到了庄子的《逍遥游》："水击三千里，抟扶摇而上者九万里。"所谓"逍遥游"，就是试图摆脱生命中的束缚与障碍，无所依傍地到达理想中的"远方"。我想这个"远方"，其实就是最初的"远意"。

倘若翻开唐诗宋词,我们会发现,对"远意"的追寻,文人墨客们从未停止过脚步。唐代贾岛曰:"分首芳草时,远意青天外。"元代熊鉌曰:"我来武夷山,远意超千古。"明末清初的八大山人曰:"春山无近远,远意一为林。未少云飞处,何来人世心?"

对"远意"的追寻,其实就是对美好的向往,往往也是对付现实压迫的一种心理希冀。但在俗世浮沉中,想拥有"远意"并不容易,只有当一个人流连于山水丘壑,抛却凡尘杂虑时,才可以真的"远"于俗情,找到不同寻常的美。

我想,正是因为寻到了远意,李白和敬亭山才会"相看两不厌",陶渊明才能"悠然见南山",王维才会"行至水穷处,坐看云起时",王昌龄才能看见"大漠孤烟直,长河落日圆",苏东坡才能识得庐山真面目……

寻到了"远意",便是在心底种下了花儿,丝缕暗香缥缈,芬芳寡淡的光阴,让寂然无波澜的日子,生出一分清喜,借着一路走下去的一脉温情,生生不息。

今天的我们,常常把"生活不只眼前的苟且,还有诗和远方"与"来一场说走就走的旅行"挂在嘴边。事实上,"诗和远方"与"说走就走的旅行",能够给予我们的,都是一种"远意",都能帮助我们把令人窒息的现实稍稍推远一点,暂时摆脱一下世俗的钻营与苟且。

记得有位作家说过,心有远意的人更懂得深情。依我看来,心有远意的人,还更能发现美。因为心有远意,才会在花田半亩中,感受到清风绕肩;才会在竹林清逸间,品味出袅袅茶香;才可以抬头见山月,垂眉读众生,把日子过成诗。

心有远意,不必归隐终南山,处处皆是桃花源、水云间;心有远意,心才不会困于尘世的方寸之间,情才不会淹没于晨昏的喧嚣之下;心有远意,天远地偏,忧愁自断,世间万物皆美好!

急处从宽

邱俊霖

《西游记》里,唐僧师徒一行来到女儿国,国王欲和唐僧成亲。幸得悟空想出一招"假亲脱网"之计成功倒换了通关文牒,眼看即将脱身,唐僧却被蝎子精化作一阵风给掠到了毒敌山琵琶洞。

悟空和师弟们寻到了琵琶洞门口,八戒本欲直接用钉耙破门,悟空却劝阻道:"刚寻到这山洞门口,深浅未知,倘若不是这个门,岂不是惹了他见怪?"于是让八戒沙僧在外等待,自己化作蜜蜂儿进洞探听虚实,最后在多番努力之下,终于将唐僧营救了出来。

孙悟空是一个急性子,常常因为性急而惹出乱子,可在西天取经的途中,他也不乏像这样"急处从宽"的表现。所谓急处从宽,即在紧急情况下不慌张、不冒失。像这样"急处从宽"的例子在历史上也并不鲜见。

《明史》中记载过王阳明平定宁王之乱。明朝正德年间,在南昌的藩王宁王朱宸濠起兵叛乱。当时的汀赣巡抚王阳明赶往吉安征调兵马平叛。由于宁王蓄谋已久,叛军势力很大,随时可能直捣明朝的陪都南京,而王阳明召集的勤王部队却姗姗来迟,一时间人心惶惶。

然而,王阳明处变不惊。他并没有因为军情紧急而贸然出兵,而是选择了用智慧为平叛部队争取更多的时间。他想了两个计策,首先,他用了一招"缓兵之计",派出了一批间谍到各地去传令:"北方部队和京城守军正水陆并进南下平叛。南赣巡抚王守仁及周边各地集结的共十六万大军将要直取南昌。平叛部队所到之处,官员们没有尽职提供支援的,将以军法论罪。"之后,他又用了一招"反间计":写了一封密信给宁王的伪相李士实和刘养正。言明朝廷知道二人一直都想弃暗投

明，只是迫于宁王淫威而不敢，眼下他们有个立功的良机，诱劝宁王早日发兵东下，让他落入朝廷布下的天罗地网里。

其实，刘养正和李士实与王阳明并无往来，收到信后吓得惊慌失措，赶紧将信给毁了。可不巧的是，这封密信的消息却意外地传进了宁王府。宁王本就听说朝廷正在调集大军围攻自己，心虚不已，不敢贸然发兵，如今听到了关于密信的流言，他的心中更为疑惑。

为了验证情报的准确性，宁王叫来了刘养正和李士实，问道："你们听说了吗，朝廷正调兵包围我们，二位认为我们现在该如何做？"刘、李二人并不知道密信的流言已传进了宁王府，便按照局势分析道："现在绝对不能坐以待毙，应该马上出兵攻下南京称帝，才能与朝廷分庭抗礼。"

听了这话，宁王在更加怀疑刘、李二人的同时，也更加犹豫不决了：按照局势，立即攻取南京称帝的确是最好的选择，可如今这两个不知明暗的人劝自己立马出兵可就得仔细斟酌了，万一朝廷的兵马真的已在路上设伏，自己可就被瓮中捉鳖了呀！

宁王就这样举棋不定地犹豫了十多天，才发现朝廷的大军压根儿没有来，他方才反应过来自己中了王阳明的计：朝廷的大军还没完成集结，王阳明故意放出"烟幕弹"无非是要拖延自己的战机，至于密信更是假的，传入宁王府的流言也是间谍散布的。

王阳明精准地抓住了宁王反叛时的疑虑心态，通过两个巧妙的计策让宁王坐失战机，而他却利用这一时间迅速集结了平叛的兵力。最终，王阳明平定了宁王的叛乱，前后历时不过三十五天。

当初，京城里传来宁王叛乱的消息之后，朝廷的大臣们纷纷感到震惊和恐惧。唯有老臣王琼淡定自若地说道："大家都淡定一点儿，王阳明在南昌的上游驻军，他一定会活捉朱宸濠的。"没过多久，胜利的消息果然就传来了。

越是在紧急情况下，我们越应该保持镇定，才能冷静思考并在危机面前做出理智和正确的决策，最终化险为夷，取得成功。

绘事后素

侯美玲

"绘事后素",这句话出自《论语·八佾》。

子夏问孔子:"'美的笑容,酒窝微动;美的眼睛,黑白传神;洁白纸上,灿烂颜色。'这是什么意思?"

孔子回答说:"绘事后素。"意思是,先有白色底子,然后才有绘画。

孔子因为子夏的话启发了自己,使自己对"绘事后素"有了更深层次理解,所以他忍不住夸赞子夏,并给予他奖励,"以后,我就可以对你讲诗了"。

古代草图无色彩称为"素",素为黑色或单一色线描,素描纹样没有完成,属于设计稿,所以也称为白描或素描。

"绘事"即"画缋之事",古代从事图画工作的人分为缋工和画师,缋工即画工,缋工只负责设色,自己不会起白描稿,白描稿是基础,技术要求高,由画师所绘,完成后交给缋工设色,他们共同完成创作。

在古代,民间设计木版年画墨稿的画师数量极少,地位因此很高,由他们设计的稿本新样资料,大都秘藏起来,很少让人观看,反倒是为年画涂色彩的工人随处可见,地位也不如画师高。这也是绘事后素的字面含义,意在告诉人们,必须有高超的素描底子,才能涂染出美妙的图画。

如同一个人,先有健康的身体、白皙的皮肤、端正的五官、匀称的身材,再加上浓淡相宜的妆容、合体的服装,方能展示一个人的美丽形象。引申出来就是,拥有良好的生命底色,才能进行锦上添花的加工。

一个人什么时候才懂得素的可贵?

童年时期,天真烂漫、明眸皓齿、皮肤吹弹可破,根本不需要任何化妆品,就能展示出纯真、可爱的一面。

青年时代，激情满满、热血沸腾，对美有了新的认识，喜欢用化妆品、饰品、服装将自己打扮得光彩照人，以此得到别人的关注，从而赢得机会，获得更多资源。很多职场人士，即使再苦再累，也要以精致的妆容出现在写字楼，绝不可以素颜示人。

年纪渐长，懂得身体健康的重要，不再日日饕餮盛宴，每天素食淡饭、清心寡欲。内心变得强大，不愿屈尊求荣，从此删华就素，过着朴素生活。有了一定阅历，懂得"以色侍人，色衰而爱弛"，所以素面朝天，不再浓妆艳抹。

所以，自信、强大、尊重自然规律，一个人才能真正懂得素的可贵，才敢以"素"色示人，以"素"为美。

懂得了素的可贵，还需不断提升与淬炼生命底色的品质，任何时候都不能停止道德、品格、修养、能力的学习实践与创新，唯有如此，才能保证生命底色的明亮与走向，才能走得更稳、走得更远。

谋心

姚文冬

山东一位青年因工作屡次碰壁,便去终南山隐居。他租了一间破屋子,每天自己做饭,靠读书打发时间。几个月后经济不支,连房租都交不起了,这让他感觉压抑。半年后,他的父亲上终南山将他"抓"了回去,心疼之余,一句话将他踹回到现实:"没钱学什么陶渊明?"

据说,这些年终南山成了隐居的胜地,新闻还说,隐居的人越来越多,致使终南山房租暴涨,让许多想去隐居的人都隐居不起了。我怎么觉得这则新闻有些搞笑?

幸福的程序

逃避现实式的隐居，终不能长久。有钱人的休闲式隐居，也不是谁都能模仿的。当然，确有真正的隐居者，心甘情愿远离闹市，在生活自足的基础上，过上了恬淡的出世生活，这样的隐居，其实是一种新潮的生活方式。而更多人所谓的隐居，应该是在不逃避现实的前提下，隐居于自己的内心，而不在居于何处。作家钱红丽说："隐是一种处世态度，并非躲在高山深涧里就是隐了；隐是一种心境，它彻底摆脱世俗纷扰，也就是我们平常说的'谋心'。"

诚哉斯言！现实生活能逃离吗？人活着，到哪里都是活在现实里。与其换一种环境，不如换一种心境；与其隐居，不如"谋心"。

霍金是一位杰出的物理学家，有意思的是，一个常年坐在轮椅上、全身瘫痪、不能发出声音的人，却被誉为"宇宙之王"！轮椅之小，宇宙之大，多么强烈的反差！但也不难理解，宇宙再大，也没有人的内心大。我觉得，霍金走的就是一条"谋心"之路，而且是一种积极的"谋心"。这使我想起小说家张惠雯的一句话："飞鸟可能因为内在的束缚变成了池鱼，而池鱼有可能在精神世界放飞自己，虽囿于一处反得了自由。"无疑，霍金就是在精神世界里放飞了自己。

我们的自身条件告诉我们，属于我们普通人的物质世界，比霍金的轮椅大不了多少，因而，我们大多数人其实都是"池鱼"，但我们可以选择在精神世界里放飞自己。人所处的物理环境、所拥有的物质财富有限，唯独精神世界广阔无垠。"谋心"者，既可以进取，也可以隐居——前者，将智慧和创造力发挥到极致，创造非凡成就，因为心无旁骛，所以无所困扰；后者，将内心经营得辽阔、深邃、澄澈，即便身居闹市，照样安详、静谧、无忧。这是一种普遍的"谋心"方式。

人的一生，其实就是一个"谋心"的过程，并不在于干了什么轰轰烈烈的大事、积聚了多少财富，而是构建了一个怎样的心灵世界。那位山东青年，若是内心足够强大，他无须去终南山隐居；若是内心空洞，即使有足够的财力支撑他在终南山生活下去，生活回报给他的照样是无聊。他父亲也只说对了一半，不是有钱就能学陶渊明，陶渊明隐居不只为谋生，更是在"谋心"。

一把不只是钥匙

曹化君

夏天来的时候，钥匙的问题便日益凸显出来。大小二十几把，加上指甲剪、钥匙链、小饰物之类，足以称得上重量级，单薄的裙衫上大多又没有兜。开门时也麻烦，总要找上一阵子，模样相似的，还得插到锁眼里试试。

我开始对它们进行归整。必带的，家门上一把，储藏室一把，办公室加办公桌抽屉上分别一把，四把就够了。

归整下来的再继续过滤，或搁家，或锁在办公室，最后剩下四把。一把是老办公室门上的，扔掉。一把是盛日记的小铁盒上的，小铁盒早已不知去向，扔掉。另外两把，摊在手心里，看半天，到底想不起出处，丢进纸篓。

手机响起，母亲问我明天周末回去不。我踌躇一下说，没啥事的话就回。

第二天一早，同学发来短信，邀我爬山。我拨通母亲的电话，说声"有事"就挂了。

爬山回来，已是霓虹缤纷，在餐馆吃完饭，我和同学各回各家。

走到四楼拐角处，心里一惊，五楼楼道里隐约有个影子，狐疑着走上去。只见母亲坐在水泥地上，背靠着门，头歪在一边，好像睡着了。不等我喊，母亲就醒了，进屋后，给我说了来我这儿的目的。

咱家大门上的锁坏了，早上天不明我就起床，到集上买了一把新的，换上了。新锁上一共五把钥匙，我一把一把地试，就数这把最好用，摘下来，放抽屉里，想着你哪天回家后好给你。又一想，不行，万一你哪天回家了，碰巧我出去了，就进不了家了，我就慌着给你送来了。

看表，21:38。问母亲坐的几点的车，母亲说七点。从老

幸福的程序

家到车站要一个小时，从车站到这儿步行半个小时，母亲在门外等了足足十几个小时了。

从前，下班回家，有时也看见母亲在门口站着，问她来了多大会儿了，都说刚来，接着却和我说起她和左邻右舍甚至素不相识的人拉的那些家常。那时住平房，靠着街，门锁着，母亲可以出去溜达，和人说说话。如今住楼上，方圆五六里都是高楼林立的住宅区，母亲无处可溜，只能站在门外等，累了，就坐在水泥地上歇会儿，困了，就靠在门上闭会儿眼。如果我出差或有事晚上回不来，母亲恐怕就要像流浪者那样，在楼道的水泥地上睡一夜了。

我问母亲吃饭了没有，母亲说，晕车，吃不下。那语气，仿佛坐在水泥地上的十几个小时恰好可以用来缓解晕车的痛苦似的。

我接过母亲递来的那把明晃晃的钥匙，看着看着，心头猛然一亮，走到纸篓边，弯身拿出被我丢弃的两把钥匙，连同母亲的味道，和爱，一同串进钥匙链。然后从卧室的抽屉里拿来一把亮闪闪的钥匙，放到母亲手里。

我交给母亲的，不只是一把钥匙，是一个温暖的家，一颗报恩的心，一个迟暮之人的希望和寄托。

小坐一下

彭晃

人生总有一些时光,是属于小坐的。

汪曾祺读书的屋子里挂着一条横幅,上面赫然几个字——"无事此静坐"。其实,"无事"太过遥远,"静坐"更是奢侈。如此,不妨小坐一下,稍坐片刻。

什么是小坐?像一只黄鹂,坐于树枝;像一朵白云,坐于远山。没有那么多规矩,只是走累了,停一停。没有那么乏味,从容的那一刻,身边、眼前、耳旁,风月无边。

有一次,蒋勋在课堂上给学生讲"美",可台下许多学

生居然没有专心听课。他顺着学生的目光望去。原来，玻璃窗外，一片花海。他索性领着同学们去花树下讲课。花繁枝满，扑簌簌落到肩头，脚下是或浓或淡的花毯。这一刻小坐，让你才觉春深了，春色浓浓。

其实，美并没有很远。但我们总是步履匆匆，等不及一朵花开，等不及一片云来，看都看不见，谈何美？小坐一下，尽管身体囿于方寸之地，但鸟鸣嘤嘤、雾气氤氲、扑鼻芬芳确是越过了千山万水，向我奔来，返还自然。

心澄静，人生何处无风月？在繁忙之处停一停，也能"小坐蒲团听落花"。

小坐是将身心交付给自然的过程，纵觉田野、小院遥不可及，我们至少能小坐在寻常巷陌，感受生活的火花。

小坐在冒热气的小摊前，匆匆忙忙的人都变得雾蒙蒙，认真生活的人们好像都罩着一层圣光。

小坐在巷子口，看见清晨是爷爷的小推车拖来的，车里满是蔬菜，小轮一颠簸，整片叶子的水珠就滚到了地上。

有时候，小坐一下，不仅为眼前的风景，更为和我们一起看风景的人。风月山河，不一定能抵过一杯凉茶、一碗热汤。"家人闲坐，灯火可亲。"漂泊的人掰着手指计算下次团聚的时刻，终于，佳节将至。一个人不妨坐下来，与家人亲戚通一个电话，连一段视频，聊聊近况，报喜或报忧。人生在世，孑然一身未免太孤独。血浓于水的亲人难以相见，那么平日相约的朋友就是自己选择的家人。

《点绛唇》里写："与谁同坐，明月清风我。"苏轼独自斜坐在胡床上，从窗里望去，楼外青峰层叠绵延。本以为无人陪伴，但峰间明月和耳畔清风能被我独揽，好不宁静自在。忽然，朋友"嗒嗒"的马车一来，惊扰了静，却带来了乐。

我们向往如王维"独坐幽篁里"一般潇洒。面对外界纷扰，岿然不动。心中自有明月，自能弹琴长啸，放声高歌。在这一方境地，平心静气，处变不惊，完全掌控小坐的一刻，享受片刻归隐的安宁。

独坐是拥有独属的时空，在思绪万千时，不如让它随行，"行到水穷处"；思绪无路可走时，索性就让心灵"坐看云起时"，看那淡淡的云悠哉飘游。片刻过后，脑中缠绕的麻线会解开，烦闷爬下紧锁的眉头，心事渐渐清晰起来，甚至拨开了久困自己的迷局。

很多时候,静坐难,闲坐也不易。不妨就小坐一下吧,因为在生命的日复一日中,需要有那么一刻的喘息,有那么一刻的欢喜自在。

有些道理
慢慢才明白

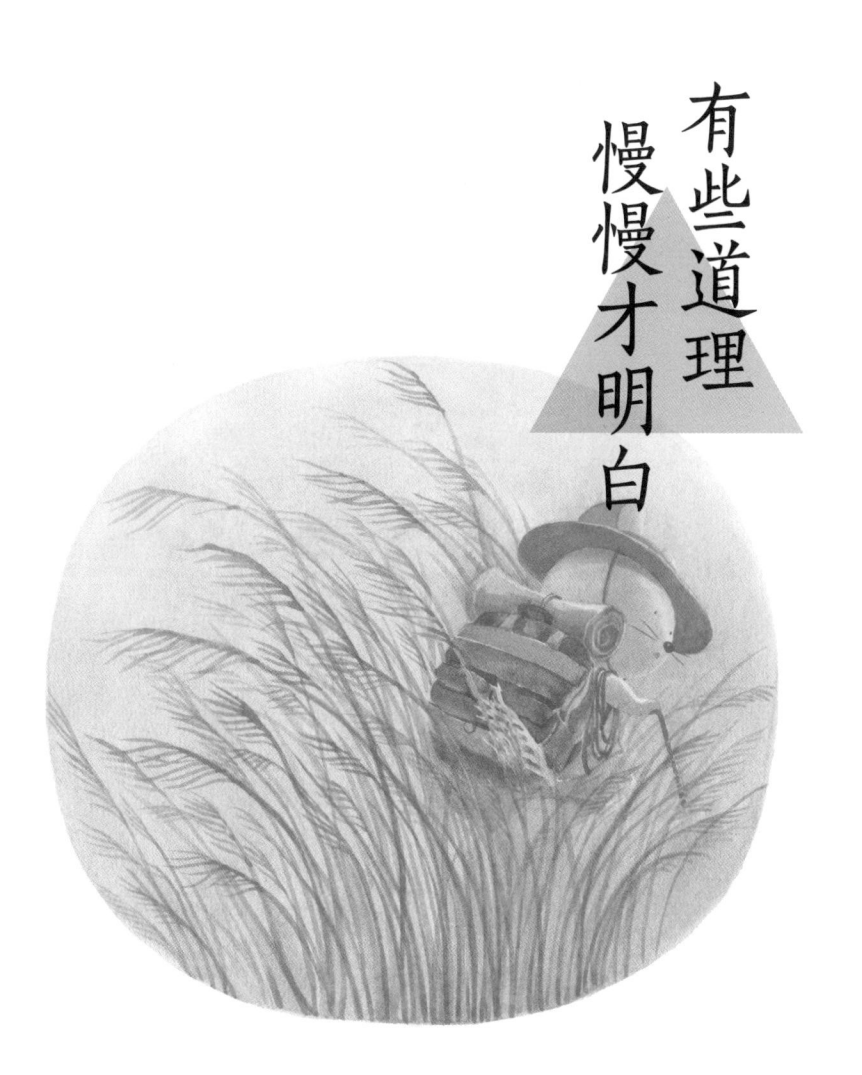

大作家"幽默"提"意见"技巧

张君燕

俗话说，忠言逆耳利于行。但很多时候，因为"逆耳"，你的意见并不能被对方所采纳，反而可能惹恼对方。然而，当这些大作家们用幽默的方法提出自己的意见时，对方就会欣然接受，得到皆大欢喜的结果。

俄国作家契诃夫在莫斯科居住期间，有一位邻居经常来找他发牢骚，打扰了契诃夫的创作。

这天，邻居又来造访。她抱怨莫斯科是一个糟糕的地方，无法找到尽职的用人。邻居生气地说："每个人都不能让我满意，甚至一个比一个差。他们干活一点都不认真。你的用人呢？"

"我的用人干活很认真。"契诃夫回答。

"我的用人打扫也不够仔细。粗心的玛丽还摔碎了一个我心爱的盘子。"邻居继续说。

"我的用人很仔细，从来没有摔坏过东西。"契诃夫摊开双手说，"她把家里的一切事情处理得井井有条，从来不用我操心。"

听了契诃夫的话，邻居的抱怨似乎更多了："噢，天呐，跟您相比，我简直太倒霉了。我样样都比不上您……"

"噢，别这样说。据我所知，在节俭方面，我比您差远了。"契诃夫打断邻居的话说，"我请一位用人需要600元，而你只花了200元。"

一句话说完，邻居突然红了脸，找了个借口离开了。

看得出来，邻居是一个以自我为中心的人，她习惯把错误推到别人身上，从来不会反思自己的问题。契诃夫用"我比您差远了"引出话题，指出问题的关键——不肯给用人付足够的薪水。明扬暗贬，却幽默十足，既让邻居认识到了错误，又不会让她感到难堪，还顺势结束了一场无聊的谈话。

马克·吐温去看望一个刚刚搬到纽约生活的朋友。朋友说他有一个苦恼，他儿子不会说当地的语言，给生活带来了很多麻烦。为了让儿子尽快适应，朋友规定，儿子必须用当地的语言与人交流，即使在家里也一样。于是，每次当朋友的儿子用原来的语言跟其父亲说话时，其父亲都装作没有听见。

马克·吐温也发现了这种情况，在跟朋友聊天的一个小时内，儿子已经向朋友求助过好几次，但因为没有足够的单词量，只好放弃，自己去解决各种事情。

"看来我的规定没有任何效果，儿子根本没有得到锻炼。"朋友苦着脸说。

"噢，不，他已经得到了很好的锻炼。"马克·吐温摇摇头，一本正经地说，"效果非常明显，你看，他已经学会了自己煮饭、洗衣服，甚至包括换灯泡和修马桶。"

马克·吐温的话让朋友大笑起来，同时也突然明白，这种急于求成的方法并不可取，他应该寻找另外一种合适的方法。

其实，马克·吐温早就发现朋友的这个方法不太合理，但他没有直接提出意见，而是故意反着说，先是给予朋友肯定，然后顺着肯定推导出一系列让朋友意外的观点。没有一句否定，反而轻松幽默，却让朋友深刻意识到了自己的荒谬。

爱尔兰剧作家萧伯纳曾担任一个社团的组织者和领导者。有段时间，社团成员变得懒惰散漫，贪图享乐，毫无工作热情，只知道每日聚在一起闲聊。

一次，一名成员来到萧伯纳身边，说："我不知道该不该跟您说……但我想，您应该听听这些声音……"

"你想说什么？"萧伯纳问。

这名成员说："很多人觉得社团工作太多，工作时间太长，也许您应该给大家安排一些放松的时间。"

萧伯纳不可思议地问："真的吗？"

"当然，大家都在议论和抱怨呢。"这名成员回答。

"天哪，你知道这意味着什么吗？"萧伯纳装作吃惊地说，"也许我该做一些改变了。"

就在这名成员脸上露出一丝得意，暗自高兴之时，萧伯纳接着说："这简直是一件可怕的事情！所以我必须增加一些工作量，让大家有更多的事情做，而不至于无聊到闲谈。"

听了萧伯纳的话，这名成员吐了吐舌头，改口道："其实……其实并没有什么人闲谈,大家都在忙着工作呢。"说完转身离开,不再提放松的事情。

面对社团成员的牢骚,萧伯纳并没有选择戳穿他的谎言,而是将计就计,借成员的话茬说出自己想说的话,给成员敲响警钟,让他意识到自己的错误,十分得体又不失幽默,可谓四两拨千斤,于无形中化解了一场争论。

在生活和工作当中,很多人觉得"提意见"势必会伤了和气,那是因为你没有找到合适的方法。我们不妨学习和借鉴这些大作家们的做法,用幽默来包装"意见",这会让你的意见更动听,更容易让人接受。

"温"言暖人

付振双

在《世说新语》的《言语》篇中,有这样一个故事:谢鲲带着八岁的谢尚送客,大家夸赞谢尚,说他"年少,一坐之颜回"。而谢尚回答说:"坐无尼父,焉别颜回?"

面对众人的夸赞,谢尚没有直接表达谢意,也没有坦然接受"座中颜回"的赞美,而是反问大家,在座之中没有孔子,怎么能识别颜回呢?言外之意,如果大家承认在座之中有孔子,那颜回可以识别出来;哪怕是承认有孔子似的人,那颜回似的人也可以有。在谢尚的头脑中,始终有个意识:你们夸我，我夸你们，事实为根基，谁也不难堪。总之，脱口而出的八个字，言简意赅，回味无穷。

近来，我常读《世说新语》，以为它的妙处，首先在于简短，因此，忙碌之余，闲暇之间，用上几分钟，读上一段，细细品味，就已经妙到心坎里了。比如谢尚的这个故事，他的精彩回答，硬是叫我"甜"了一天，也"暖"了一天。

当然，我也扪心自问，如果送客的不是谢尚，是我，并且不是八岁的我，而是现在的我，那我会说出这样的话吗？我不确定，也没有信心来确定。要是能说出那样的话，肯定是运气好，可要保证是疑问句，这需要的运气可就太大了。整不好，没讨着好，还得罪了众人。

其实，该篇中，就在这个故事之前，还有个"杨氏之子"的故事，因其已选入小学语文课本，故流传更广。

故事中，杨氏之子和他的父亲没有具体名字。这一天，孔坦来杨家拜访，可父亲不在家，于是九岁的他被叫出来。从这里可看出来，两家的关系很好，应该大人孩子间都熟悉。接着，没有寒暄，身为孩子的他，为客人摆设果品，其中有杨梅。孔坦指着杨梅对孩子说道："这是你们家的家果。"孩子随声答道:"我没有听说过孔雀是先生家的家禽。"

杨氏之子非常聪慧,在长辈信手拈来的玩笑话前,不怯场,有分寸。同样是以姓联想,做出"文章"来,杨氏之子说得十分巧妙。他没有生硬地直接说"孔雀是夫子家禽",而是采用了否定的方式,说"未闻孔雀是夫子家禽",婉转对答,既表现了应有的礼貌,又表达了"既然孔雀不是您家的鸟,杨梅岂是我家的果"这个意思,使孔坦无言以对。因为孔坦要承认孔雀是他家的鸟,他说的话才立得住脚。

这两则故事完美呈现了说话的艺术和智慧。对我来说,话语之中透着的温度,更令我着迷。在生活中,我们的言语,如果没有注意听者的感受,一旦对方的接受度和心情不佳,说话的效果势必会受到影响,甚至本来的好意,都将被扭曲。而双方三言两语,你来我去,几个回合后,相视一笑,是多么难得的境遇!

看来,要想"温"言暖人,果真要掌握方法。

花开白云间

石兵

周末,来到一家照相馆拍照,一进门就看到了墙壁上挂着一个极大的相框,相框中一幅美不胜收的照片跃然眼前,让我瞬间心旷神怡。

照片中,几束怒放的风信子置身于几朵蓬松的白云间,那蓝色的、红色的、紫色的花在洁白的云朵间静静伫立,分明让我听到了轻轻的风声,嗅到了淡淡的芬芳,心头的烦躁顿时便一扫而空了。

细细看来,发现相框下面还手写着一行小楷:花开白云间。想必就是这张照片的名字吧。

不知为何，看到了这张照片，我一下子就喜欢上了这家照相馆，本来只是想拍摄几张免冠照片就离开的，却不由自主留了下来。

我找到馆主，和他攀谈起来。我问他："这张相片是您拍摄的吗？拍得真好，名字也好！"

馆主是位四十多岁的中年人，戴着眼镜，头发梳得一丝不苟，他说："是我拍的，而且就是在这馆里拍的，你看，那些风信子现在还开着呢！"

馆主说着，用手指了指不远处的窗台。

顺着他手指的方向，我这才发现不远处的窗台上摆着几盆风信子，只是，近在眼前的它们却显得有些不起眼，以至于我竟对它们视而不见了。

我走到风信子面前，仔仔细细看了半响，心中不禁失望起来："真的是它们吗？很平常很普通的花啊，叶子不多，花蕊不艳，闻起来好像也不怎么香啊！"

看到我的样子，馆主笑了起来，他走近窗前，蹲下身子对我招了招手："来，请到这儿来看！"

我迟疑了一下,也蹲下了身子,学着他的样子看了过去。我惊奇地发现,一切竟都变了模样。

仰望着这几盆小小的风信子,它们居然瞬间"高大上"起来,穿过那透明得近乎无的玻璃窗,它们竟与瓦蓝色的天空完美融合在了一起,就像是绽放在蓝天上一样。

馆主看我惊奇地瞪大了眼睛,笑着挪了一下身子,对我说:"再到这边来看一看。"

我也挪动身子,顺着他的指引看去,瞬间便沉溺了进去。只见天空中有一朵大大的蓬松的白云,像一只洁白的蘑菇,又像一盏柔和的灯,那些风信子在白云之间,竟仿佛拥有了某种魔力,让我看得啧啧称奇,流连忘返。

我看了半晌,一直到双腿有些酸麻才依依不舍地站起身来,我发现,馆主已经在我身边静静站立了许久。我突然有了一种感觉,我觉得馆长像极了那些风信子,看起来普普通通,却拥有着点石成金的魔法。我对馆主说:"谢谢你,让我看到了开在白云间的花,如果不是你的提示,我就错过这么美的事物了。"

馆主笑着说:"别客气,其实,不只是你我,所有人都不想错过美好的事物，但是在现实中却总是一再错过，我觉得，问题还是在于自己。因为，如果你总是居高临下来看一件事，是很难发现它的美和与众不同的，也难以找到与它契合的背景与环境。它生长在泥土中，但也可以绽开在白云间。这取决于你，而不是它。"

听了馆主的话，我顿生醍醐灌顶之感。是啊，人可以如此看一朵花，发现它的与众不同，也可以如此看一看自己吧。一朵花可以开在白云间，一个人也可以生活在辽阔与诗意之中，因为，人生不是追求什么才能得到什么，而是发现什么才能得到什么，一个人所能拥有的一切，其实都是自己给予自己的。

花开白云间，人在天地中。其实，美好无处不在，只要你有一双清澈明亮的眼睛和一颗善于发现的心灵，就一定会发现那些身边的美好。所谓幸福，所谓幸运，便是如此吧。

做一只优质的碗

王国梁

表弟初涉社会,总是感慨人心复杂,世事纷繁。他说,有人的地方就是一个复杂的江湖,有时候表面看起来风平浪静,其实背地里暗流涌动。每个人都像隐藏在角落里的杀手,恨不得把对手杀个片甲不留。他还说,这两年见识了形形色色的小人,有人嫉贤妒能,有人趋炎附势,有人见风使舵,有人机关算尽。总之在他眼里,人性本恶。

他的一番言论,惹得我笑起来。表弟这个人一向愤世嫉俗,喜欢吐槽一切。我告诉他,其实人性是个复杂的命题,既不是那么好，也不是他想象的那么坏。再好的人也有人性的阴暗面，再坏的人也有温情的一面。关键在于，你用什么样的方式去靠近别人。

有这样一个故事大家都很熟悉：有个年轻人去买碗，他拿起一只碗，轻轻触碰一下别的碗。根据他的经验，如果两碗相碰发出的声音是清脆的，说明碗是优质的；如果声音是沉闷的，说明碗是次品。可是他试了多次，每次听到的都是沉闷的声音。老板在一旁观察，递给他另一只碗说："你用这只碗试试！"他按照老板的要求去做，发现这只碗与每只碗相碰都发出令人愉悦的清脆之声。见年轻人疑惑，老板淡定地说："你最开始拿的那只碗，本身就是次品，所以它与任何碗相碰都会发出沉闷之声。现在手里的碗是优质品，它与优质品相碰当然会发出清脆之音。"年轻人恍然明白，想要得到一只优质的碗，得保证你拿的也是优质的碗。

这个故事耐人寻味：做一只优质的碗，才会遇到另一只优质的碗。你首先要做一个温暖的人，才会与温暖的人相遇。把人性中美好的一面展现出来，别人自然也会回馈你美好。人与人的相处、人与世界的相处是一件很有趣的事，就像你面对一面镜子一样，你的哭与笑，世界都会真实完全地反馈给你。你本身的姿态，决定了世界对你的姿态。"生活就像一面镜子，你笑它也笑，你哭它也哭。"这话说得非常有道理。

如果你仔细观察就会发现，我们身边那些美好的人，往往都是一只优质的碗。他们本身非常美好，怀着善意与人交往，久而久之，大家都会感受到他们身上的光芒，也会把自己优质的一面展现出来。美好与美好触碰，当然会碰撞出令人惊喜愉悦的火花。你付出了善意，收获的自然也会是善意；你付出了温暖，收获的自然也会是温暖。

宋代文学家苏轼，可以说是一只极其优质的碗。他被贬黄州期间，给弟弟写信说："吾上可陪玉皇大帝，下可陪卑田院乞儿，眼前见天下无一个不好人。"苏轼修养极高，他的眼里没有坏人。与他交往的人当中，上至将相隐士，下至贩夫走卒。在别人眼中，苏轼具有非凡的人格魅力，大家钦佩他的学识，喜欢他豁达淡泊的性格。正是因为他以宽厚的胸怀，容纳别人，才会受到别人的爱戴。苏轼挚友无数，皆因他满腹才学且襟怀坦荡、品性磊落，所以即使处在被贬谪的低谷，他照样有丰盈而饱满的人生收获。

我们普通人虽然没有苏轼的才学、见识与胸襟，但一样可以遇到更多更好的人。只要你努力做一只优质的碗，就一定能遇到更多优质的碗。不断提升自己，善待别人，善待世界，世界最终会成为你想要的样子。

自律是一种高贵的修为

唐宝民

徐致靖是清朝官员，光绪年间曾担任侍读学士。他是一个具有新思维理念的人，在戊戌变法运动中，积极参与变法，上书光绪皇帝明定国是。然而，变法运动遭到了以慈禧太后为首的保守派的强烈反对，在这种情况下，徐致靖没有见风使舵，而是上书力保康有为等维新领袖，因此，慈禧太后发动戊戌政变后，也将徐致靖一并抓捕，并判"斩立决"。

后来，多亏李鸿章出面奔走，通过慈禧的心腹荣禄向慈禧求情，徐致靖才被改判为"绞监候"，实际上，是由死刑改判成了无期徒刑，但随时有生命危险，因为慈禧太后是一个喜怒无常的人，而当时的政坛瞬息万变，所以，徐致靖随时都有掉脑袋的危险。

两年以后，八国联军攻陷了北京城，慈禧太后带着光绪皇帝逃到了西安。洋兵攻入北京以后，打开京城里监狱的大门，释放里面的囚犯。负责监狱管理的乔树楠是徐致靖的世侄，他劝徐致靖说："监狱里的人，大半都走了，年伯也可以活动活动。"意思是告诉徐致靖：趁这个机会快逃命吧！哪知，徐致靖却拒绝了这一番好意，他回答说："我是大清国的犯官，判我绞监候，现在外国人开监放囚犯，我不能听他们的命令。"在性命攸关之际，徐致靖还能保持这样的气节，真的很令人敬服。

当然，徐致靖后来还是出狱了，因为监狱里已经停止了伙食供应，万般无奈之下，由他的儿子把他接出了监狱。但出狱后，他并没有立即逃出是非之地，而是暂时住到了一家客栈里，并请当时留京的刑部尚书代奏，向西安请示。两个月以后，接到了西安方面传来的赦旨，徐致靖这才离开北京南下回到杭州。

徐致靖的表现，有愚忠的成分在里面，但主要还是体现了他做人的原则，遵守国家的法律，不擅自脱离监管。表现出了一种可贵的自律精神。

最近，我在张昌华先生的书中读到了一则关于近代书法家李瑞清的史料：辛亥革命胜利后，对大清忠心耿耿的李瑞清流亡到上海，因囊空如洗、债台高筑，不得不卖字画为生。因为他的字画质量非常高，加上众多朋友的推介，字画销路很快就打开了，一时生意红火到席不暇暖。由于来买字画的人实在太多了，应酬不过来，李瑞清索性就将一些业务推掉了。朋友们看着感觉可惜，因为推掉的都是真金白银，而李瑞清那时还欠着债务，急需用钱，于是，朋友谭延闿便建议让李瑞清的侄儿李健代笔以增加收入（李健的字酷似李瑞清，几乎可以乱真），但这个提议被李瑞清一口回绝了，他说："我以心血易人金钱，不可欺也！"

其实，并没有人监督李瑞清，但他坚持不让自己的侄儿代笔，完全是一种自律行为。

所谓自律,就是指遵循某种约定俗成的规则并以此为基础进行的自我约束。唐代诗人张九龄在《贬韩朝宗洪州刺史制》中写道:"不能自律,何以正人?"可见自律是一种十分重要的品格——一个自律性不强的人,很难有一番大作为;而一个自律性极强的人,则能把人格提升到令人仰望的高度。

老鹰不会像麻雀一样吵架

朱成玉

我感恩我的初中老师董恩红,她教英语,同时也是我们的班主任。她从不歧视任何一个孩子,对每个人都报以微笑,那种慈母般的笑总是会让她的课堂出奇地安静,大家都喜欢听她娓娓道来地讲课。这让其他学科的老师很是诧异,他们不知道董老师用了什么魔法,可以让我们班几个在全校都出名的调皮捣蛋的家伙安心听课,包括我这个淘小子。

董老师把我从后进生的队伍拉了回来!我真的想为班级,想为她做一些事情,每天都早早地来到教室,拖地,擦桌子,擦黑板，干干净净的，让老师和同学们一进教室就能有一个好心情。正当我满怀着兴奋期待老师和同学们赞美的时候，我听到后桌两个女生叽叽喳喳，大意我听明白了，就是说我是个有心计的人，太善于表现自己了，这样讨好老师，指不定想得到什么好处呢！

听到这些，就像吃了苍蝇一样，又恶心又气愤，差一点儿就跳起来与她们理论。但还是忍住了，一整天，心里都不痛快。

收完作业去给董老师送到办公室的时候，心里憋闷，一言不发，脸色很是难看。这和昨天爱说爱笑的我大相径庭，老师就问我怎么了，我支吾了半天，终于还是没忍住，便一五一十地和盘托出。

老师说："做好事是让你自己心安，你只管去做好了，管别人怎么说呢！"

"可就是心里不得劲儿。"我答道。

"你见过老鹰和麻雀吵架吗？"老师说，我摇了摇头，不大明白老师所言何意。老师接着说："老鹰是高飞的鸟，它的志向是翱翔蓝天，而麻雀飞不高，只会聚在一起叽叽喳喳，所以，老鹰是没有时间和精力，也没有闲心去和麻雀吵架的。"

我有些明白了,老师是在通过老鹰和麻雀,告诫我,一个人应该有自己的格局。

心有格局,身便轻盈。

黄永玉在怀念表叔沈从文的文章中写过这样一件事:

有一个年轻人时常在晚上大模大样地找沈从文聊天,很放肆,他躺在床上两手垫着脑袋,双脚不脱鞋高搁在床架上。沈从文欠着上身坐在一把椅子上对着他,两个人一会儿文物考古,一会儿改造思想,重复又重复,直至深夜。那年轻人走的时候,头也不回,扬长而去。

对于这种没有礼貌的年轻人,黄永玉很生气,觉得应该好好教训他。但沈从文摇手轻轻对他说:"他是来看我的,是真心来的。家教不好,心好!莫怪莫怪!"

这是何其宽阔的胸襟。

电影《除暴》里有一个片段:

一个女孩想自杀,结果在那个很高的楼顶犹豫了,她说:"同一个地方从三楼看下去,满地都是垃圾,从三十楼往下看就很美。"

这就是一个人的格局问题。有些事,堵心堵肺的,你换个角度重新定义，没准就是小菜一碟了。

登高才能望远，心怀远方，也才能走得更远。当你立志想做一个伟大的人，就得习惯于别人的诽谤、诋毁甚至人身攻击，当你登上山顶的时候，这一切就都成了风，成了草，与你相伴的，便只有那高洁的云了。

"夏虫不可语冰，井蛙不可语海"，登高山，始知山之巍峨，临大海，才识海之浩瀚。一只老鹰，从来不会像麻雀一样去吵架，自然，也就不会有一只土鸡那样的烦恼。

体谅更能赢得信任

董建华

小梅是一家超市的普通员工，论年纪，她过了四十，论学历，她仅仅初中毕业，论交际能力，她更习惯于独来独往，甚至相貌也极其普通，但每年的销售业绩总高于其他促销员，数据摆在那儿，让大家心中不服也得服。

有一年，超市召开年终总结会，请小梅作典型发言，没想到小梅落落大方地走上主席台，寥寥数语："其实也没什么经验可谈的，只要体谅顾客，站在顾客的角度着想，仇人也能成朋友！"然后鞠了一躬，离开了主席台。过了几秒钟，大家回过神来，会场突然爆发出激烈的掌声。

小梅在超市负责奶粉促销工作，一段时间，奶粉曾屡屡出现质量问题，大家对奶粉的信任度也随之下降。

一天，一位顾客买了小梅销售的奶粉，孩子白天吃了，晚上开始闹肚子。第二天小梅刚上班，顾客就抱着孩子气冲冲地到超市找小梅理论，指着小梅破口大骂。小梅也不生气，等她骂累了，气消了，才轻声轻语地对顾客说："如果属于奶粉质量问题，请您放心，我也有孩子，一定帮您讨回公道，哪怕被迫下岗，我也会站出来替您说话的，现在先不要生气，我们先去医院给孩子看病，因为孩子的病耽误不起。"然后陪着顾客将孩子送到医院治疗。

等小梅回来后，其他促销员围上来询问："孩子咋样？"

小梅说了句："挺好的！"就再也不说话了，其他促销员都说她傻，奶粉有问题也是厂家的问题，何必让人劈头盖脸地一顿臭骂之后，还出车费，送她们去医院。小梅听后不争辩也不吭声，继续埋头干着自己的工作。

第二天一大早，小梅给顾客打去电话，询问孩子的病情，没想到顾客主动道歉："医生说不是奶粉的质量问题，是孩子着凉了，昨天当着那么多人的面骂您，不应该哟，对不起呀！"

"骂我几句没什么，我担心的是奶粉的质量问题，如果是劣质奶粉，我也会辞职不干的，我不能昧着良心让孩子遭罪，因为我也是孩子的妈妈，将心比心！"这番话让顾客异常感动，从此成了小梅的忠实朋友和固定的客户，孩子看到小梅就叫："奶粉妈妈！"

有这样一则故事：甲乙两个商人结伴到同一个地方做生意，到了以后发现那里的人衣着肮脏，身上恶臭难闻，吃起肉来茹毛饮血。甲商人见到如此情景，皱着眉头说："这些人野蛮落后，我们还是别和他们打交道为好。"乙商人却不以为然地认为："商人就应该和不同的人做生意，这个地方虽然不文明，但民风淳朴，有他们自己的生活习惯。"于是乙商人诚意十足地和他们做生意，与他们在一起吃饭喝酒，就像朋友一样，结果乙商人所带货物被他们抢购一空。

小胡的楼下是商铺，商铺的老板非常勤奋，每天过了凌晨，还在大声吆喝着做生意。小胡他们夜晚躺在床上，屡屡被商铺老板的大声吵闹惊醒。一次次劝告，一次次提醒，老板不仅不听,还认为他们眼红自己赚钱。小胡他们最终忍无可忍,和楼上的邻居们联合起来,通过法律手段逼着商铺关了门。

  一些人替自己或自己的家人考虑得非常体贴周到,却从来不顾及别人的感受,无意之中树立了许多对立面。如果都能像小梅那样宽容与体谅,不仅自己赢得了尊重,还会得到许多意想不到的回报。

总有人腰弯得比你更深

张军霞

我家小女,从小喜欢留长发,每次给她洗头就成了难题。她两三岁的时候,我每次给她洗头,都需要家人的协助,一人把她抱在膝盖上平躺,让头发自然下垂,另一人抓紧时间洗。后来孩子大点了,抱起来不方便,就改为她躺在沙发上,我端着水盆蹲在地上为她洗头,来来回回换几次水,还会弄得地上都是湿脚印,很是麻烦。

于是,从今年春天开始,我让女儿像大人一样站在洗脸池前洗头,这样调水温、换水都很方便。但女儿觉得不习惯,每次头发洗到一半，她就会吵吵嚷嚷，十分不耐烦地说："我的腰好疼，坚持不住了！"有一天，我特意让家人拍下我给女儿洗头时的照片，然后指给她看："看啊，你在洗水池边上弯一点儿腰头发就能浸到水里，而我必须站在后面给你洗头，你看咱们两个谁的腰弯得更深？"她这才不好意思地说："妈妈，原来你比我更累啊。"从此，我给女儿洗头时，她再也没有抱怨过。

我想起一位老同学讲过的故事。他大学毕业那年，找工作屡屡碰壁，就算好不容易找到的工作，也总是因为种种原因做不长，收入不稳定，导致他连吃饭都成了难题。他的父母都是地道的农民，能供他上大学已经不容易，他怎么好意思都毕业了再向他们开口要钱？后来，他又找到了一份新工作，上班没几天，就因为不熟悉业务流程而误删了一份重要的资料。主管是一位比他仅年长两岁的女孩，她冷着脸对他一顿劈头盖脸地责骂，他一气之下，又辞职了。

他怀着满肚子的愤懑，收拾东西要离开时，一位同事劝他："年轻人做事别那么冲动，这事本来就是你做错了，道个歉就行了。"他没有理会，心里却在想："她不过比我早毕业两年罢了,臭显摆什么,我又凭什么对她弯腰?"离开公司,他漫无目的地在街里游荡,却接到姐姐打来的电话:"今天老爸过生日,你回家吗?"想到自己也好久没回去了,他毫不犹豫地跳上了回家的公共汽车。一个小时之后,汽车在村口停下,那天的太阳很热,他走了没几步就出了一身汗。这时,他无意中看到,路边的庄稼地里,有人正在地里拔草,他背朝着路的方向,腰弯得很深,身后拔下来的草,已经堆了半人高。

"拔这么多草,得多累啊。"他在心里感慨着,又觉得那个背影很熟悉——那就是父亲啊,他身上穿的不正是自己上高中时的校服吗?他快步走过去,大声问:"爸,今天你过生日啊,怎么不在家里歇一天?"父亲看到儿子回来很高兴,直起腰来说:"昨天刚下过雨,这草长得猛呢,早拔早干净!听你姐说,你也要回来,你妈先回去做饭了,你快回去吧!"那天吃了午饭,他跟在父亲身后,一起把那块地里的杂草拔得干干净净。晚上休息时,他腰疼得睡不着,忍不住想起白天时同事劝说他不要辞职的话,再想到父亲拔草时深深把腰弯下来的姿势,他不由内心百感交集,彻夜难眠。

不久,他又找到了新工作,一切从零开始,适应起来当然还是有难度,但他再也没有轻易提出辞职。

因为他早已明白,这世上总有人腰弯得比自己更深,活得也更不容易,但他们却从来不会抱怨,那就是父母。跟他们的付出和辛苦相比,自己没有资格一次次轻言放弃。

沉默是高贵的语言

邱立新

有天早上一上班,主任就让我跟她去C区,说C区二楼昨天搬来了新住户。

我们穿着工作服,到了二楼那户,敲开201室的门,开门的是位六七十岁的老人。稀疏的黑发丝里夹着银丝,因长年风吹日晒,粗糙起皱的脸,打着种田人的印记。

进门玄关处,堆着红色大米蛇皮袋、绿色化肥蛇皮袋等行李包裹。显然,一家人还没安顿好。

"您好,阿姨,我们是社区网格员,欢迎您加入我们社区，我们是来了解您家情况的。"主任微笑着作了自我介绍。

老人木讷地点点头，说："我，我不会，写字，字呀……"没想到，老人说话口吃很严重。

"您慢慢说，我们给您登记。"主任耐心又诚恳。

用了很长时间，我们终于登记完了她家的基本情况。刚出单元门，一楼的李嫂就过来说："主任，我汇报个情况，前天，亲戚给我们送袋土豆，屋里热，我就放在了楼道里，晚上，土豆不见了。"李嫂在小区里是红人，嗓门大，知道的新消息多，平时总有人爱"李嫂、李嫂"地跟她拉话。

"有多少土豆，是什么颜色的袋子呢？"我问。

"一个红色蛇皮袋子，装大米的袋子。"

听李嫂这么一说，我们立刻想起，二楼老人家里各种颜色的蛇皮袋。

主任领李嫂上楼，不一会儿，就拎着个装土豆的红色蛇皮袋下来了，后边还跟着那位老人，老人脸上堆着笑，跟李嫂一遍遍地解释，她尽管说话磕磕绊绊的，但仍然竭尽全力地解释着，意思是因为搬家，来的人多，手杂，拿错了。老人的解释很合理，我们都十分理解，但李嫂的脸，那天一直紧绷着。

本以为这事到此为止了，可没想到几天后又出了一件事。

那天，小区门口开来一辆卖苹果的车，小区住户都围着买。但是下午，李嫂却站在小区院里喊上了："谁拿了我家的苹果？苹果钻天上了楼了？"还拿眼睛剜着二楼人家的阳台窗户。

原来，李嫂买了两袋苹果，因为沉，她把一袋搬进屋，另一袋放在楼道里，还没来得及搬就接到女儿打来的电话，等吃完饭才想起来，放楼道里的苹果不见了。

她吵嚷声越来越大，引来好几个人围观。不一会儿，二楼的那位老人背着袋苹果下楼了，她把苹果放到李嫂面前，李嫂打开，是红红的苹果。但其实，这也是老人自己从那个卖苹果的商贩那里买的。

不过李嫂不吵吵了，老人什么都没说，安静地上了楼。

第二天早上，一楼楼道里突然多了袋苹果，不知道是谁放那儿的，始终没人拿。一个月后，苹果渐渐腐烂，发出刺鼻的味道，才被清洁工人当作垃圾收拾走了。自打这事过后，李嫂在小区里的人气渐渐没有从前那么高了，反倒是二楼那位老人，因为初来乍到，找不到菜市场粮店啥的，只要一打听，总有热心人给她指路,甚至还帮着把她买回的重东西搬上楼,或者耐心地跟她聊住楼房的生活经验。

  在面对怀疑、揣测甚至猜忌的时候,语言常常显得很乏力、很空洞。这时,不妨试着选择沉默。沉默,有时是种很高贵的语言,是维护尊严的好法则。

尘世余香

筱琴

一

一个酷暑的中午,我匆匆赶回家,简直要被暑气蒸晕,恨不得一步迈进空调房。刚进楼道,发现楼上的高大爷正站在楼梯口:"闺女,留步,帮我打个电话。"

原来大爷的儿子一家出去旅行了,就他一个人在家,他准备出去买午饭,不小心把钥匙锁在家里了,又没带电话。我赶紧拿出手机,找到开锁公司的电话,但是开锁师傅说得二十多分钟才能赶到。我抹抹头上的汗水,邀请大爷去我们家等。大爷直摆手,说,天热,外人在家不方便,他在楼道口等等就行了。看大爷执意如此,我就先回了家。到家想了想,让孩子下楼给大爷送去一瓶水和一把扇子。

几天后,大爷专门送过来一罐蜂蜜,说他儿子旅行回来了,从山区带回来的纯天然蜂蜜。我受之有愧,连连推辞,大爷说如果不留下那就是嫌弃他,这份实心诚意的情谊推辞不下,我只好留下了。

晚上,我和爱人念叨这事,爱人打趣我:送人玫瑰,手有余香。你这根本不算什么玫瑰,人家高大爷简直是回馈了你一座玫瑰园的花香啊,恐怕蜜蜂采完一个玫瑰园都不够酿这一罐蜂蜜呢!

二

午后两点钟,出来逛街的人很少,我睡意蒙眬,趴在收银台上打盹儿。一位满头白发的老太太很小心地推开了门:"姑娘,我能在你这里坐一会儿吗?"

实话说,我真的特别不愿意她现在来坐会儿,我想再眯一会儿。但这老太太让我想起我的母亲,她也常常这样不午休,无聊地去逛街或者逛商场,或许也曾走累了想找个地方坐下来歇歇脚，只是不知道会不会被人嫌弃。我赶紧站起来，把凳子挪到离空调风口远一点的地方，招呼老人："坐吧阿姨，坐多久都行。"

看得出老人家放下了提着的心，很不好意思地笑着说："麻烦你了姑娘，我又不买东西，就是在这里等个人。刚才想在你家旁边那个店里歇会儿，那个店里宽敞，可那小姑娘立马甩下脸子，待不住。"

我乐了，用纸杯给她倒杯水："踏实等着吧阿姨，您别嫌我店小就行。"

阿姨也乐了，气氛轻松起来。我和她东一句西一句地聊着天，时间过得很快。她走的时候左一句右一句地道谢，让我又想起我的母亲，暗自唏嘘，她们只是年龄大了一点，什么时候开始要活得这么小心翼翼？

这以后，这位阿姨路过我门口的时候总会和我打个招呼，有时候她做了好吃的甜饼豆包，还会送给我尝一个，看我不忙的时候就坐下聊会儿天，赶巧遇到我忙碌得不可开交的时候，她就在门口站一会儿，说是怕有人手脚不规矩趁乱顺了店里的东西，帮我看会儿……我常常被感动，多好的一位老人。

秋天,阿姨的儿子来接她去另一个城市。临走,她到店里和我告别,叮嘱我要按时吃饭,晚上早点关门,客人多的时候,要多留心,感觉像是在叮嘱她没长大的孩子。我忍不住抱抱阿姨,祝她一路顺风,祝她平安健康。阿姨的儿子过来催促,她对儿子说:"你这个姐姐待我好,我平常喜欢来她这里坐坐,人家不嫌弃我们老太太。"她儿子很有礼貌地和我道谢,我的脸热乎乎的,都是阿姨关照我,我何曾多做过什么。

老人乘坐的车子慢慢消失在街道拐弯处,正值深秋,碧蓝的天空与银杏树叶相互映衬,又是一个明亮的秋天。

西瓜留两根蔓

于世忠

第一次种西瓜。

等到西瓜团棵伸秧的时候，我却不知所措了，下一步该怎么管理？

邻地的老杨曾种过西瓜，他告诉我，西瓜要压蔓，留两根，其余的拿去，并蹲下身来亲自为我示范，把一棵枝枝蔓蔓、蓬蓬松松的西瓜棵收拾得疏疏朗朗，只留下两根较长的茎蔓，并一顺儿冲向一个方向。完了，他告诉我，等瓜秧再长一些，把这两根蔓小距离分开，然后用土压住就成了。

给瓜秧压蔓我知道，是为了防止遇大风滚了蔓子，可是一棵西瓜留两根蔓（有说三根的），我就不知其故了。

我问，一棵瓜秧不是只结一个西瓜吗？为什么要留两根或三根蔓？

老杨说，你没听说过西瓜两根蔓的典故吗？看我一脸茫然的样子，他就给我讲了起来。他说，早年间，黄河口新淤地上来了很多垦荒的饥民，这些人刚来的时候没地种，没饭吃，没房住，主要是靠先一步落脚的居民的接济，拾他们地里的庄稼，用他们的秫秸、木头搭屋子。据说那时人们还不懂得种植西瓜的要领，大都留一根蔓子。流民多，地里难免有损失，种植西瓜的人家就加紧看管。当地有一个王姓大户，那年种了很多西瓜，他的西瓜地紧靠一条大道，西瓜成熟的时候，他不但不看管，还在地边道旁设了一张案桌，放一把瓜刀，专给那些逃荒走累了的饥民解渴充饥。有人问他，别的园主都是严防死守，生怕西瓜被人偷，他怎么会这么大方随便给人吃呢？他笑笑回答，别人家的西瓜都是一根蔓，他家的两根蔓，怎么吃都吃不尽。

说到这里，老杨冲我笑笑，你说咋的，那年别人家的瓜园被偷了不少，减了产，他家的却安然无恙，获得了大丰收。你说为啥？

"他种的西瓜留了两根蔓呗。"我心照不宣地回答。

老杨说："对头。这就叫有备无患。"

老杨接着又向我滔滔不绝：这是黄河口一个美丽的传说，暗示做人与种瓜一样要留有余地。其实，西瓜留两根蔓有它的科学道理，西瓜是一种比较娇贵的物种，坐果期间，一遇风雨，容易消损。为了解决这个问题，聪明的瓜农才想到留两根蔓，第一根蔓上的瓜芽坐不住，第二根替补上去。记住，两根蔓上都坐住，也只能留一个，多了西瓜就小了，瘪肚了；再就是西瓜生长需要大量的营养，单靠根须供给还不够，须得有营养蔓，没坐瓜的那根就起到了提供营养的作用。没经验的瓜农总以为留多了蔓子是多余的，既占地块又浪费养料，这是不对的……

老杨讲得平平淡淡，我却听得起起伏伏，从中听出了很多道理。西瓜留两根蔓，这是瓜农为西瓜设计的一种最佳的生长方式，也是做人应该努力遵循的一种模式。

老杨走了，我开始拾掇瓜棵。为了多结瓜，结大瓜，每棵我也学着留下两根秧蔓。

播种善良

李永斌

我老家的房子是典型的北方土坯房,清朝光绪年间建成。虽是泥坯砌成,又历经百年,但依然如风烛残年的耄耋老人般倔强地挺立在地球表面,岿然不动。

房子庭院的西面有一个用单墙隔开的小花园,里面杂草丛生,正中间长着一棵冰糖石榴树,碗口般粗,是我奶奶年轻时亲手所栽,想来也已经快七十年了。

石榴树周围分蘖出许多旁枝末节,因为奶奶每年修剪,没有长成气候。这棵冰糖石榴每到中秋节前夕,必然硕果累累,一个个石榴又大又圆,每个在两三斤左右,满树的石榴足有五六百斤,压得树枝垂到了地面。奶奶用枣木棍撑住树的腰部,给它缓解一下压力,才避免了石榴树这种"自杀式"的行为。

和普通石榴不同的是,冰糖石榴开的是白花,石榴果是白皮、白籽,颗颗粒粒晶莹剔透,钻石一般光彩炫目,阳光下一照,能透出人影。满满的一簇簇的石榴籽往嘴里一放,轻轻一咬,浓汁喷薄而出,甜得齁死个人。中秋节一到,奶奶必然摘下全部的果子,按大小个掺杂在一起分装成几十份,赠送给左邻右舍、亲戚朋友,自己再留点。月圆之夜,一盘月饼,一盘石榴,炒几个小菜,和家人其乐融融,惬意地赏赏月,品一下月饼的香,尝一下石榴的甜,憧憬一下美好的明天!

因为我们家这棵冰糖石榴品种稀奇少有,慕名前来索取种苗的朋友络绎不绝,奶奶也乐得替他们栽培,她每年三月下旬或是四月初,将主干分蘖的幼苗挑选优良而且粗壮的出来,植在事先挖好的土坑里,用回填土填好压实,浇水灌溉,定期适量施肥。等培育成功,谁认领的树苗谁就可以移植回家了。

也有朋友回家后养了半天养死的，只因移植的地方不对，不是积水就是土质不好。冰糖石榴对气候、土质、水分等条件的要求是相当苛刻的，只因我们家这个百年老院一直都是土壤肥沃，排水通畅，营养更不在话下，要不然怎么可能满园的杂草像牛皮癣般痼疾难除呢！

奶奶建议他们搞盆栽，朋友们欣然接受这个意见，用大一些的花盆栽培，科学管理，竟然培育成功了。奶奶也因此成了远近闻名的石榴种植指导员。

现在奶奶年龄大了，行动不便，那棵老石榴树也因没人打理而渐渐枯死。可每年中秋节前我们家的热闹程度竟然超过它活着时，用门庭若市形容也不为过。就因为这棵已经七十多岁高龄的老冰糖石榴树，它的子孙后代遍布方圆百里、家家户户，它们的主人每年都代表它们回来寻根。红红的丝线和福袋挂满树冠，远看像马上要出阁的姑娘带着红盖头，娇羞得笑弯了腰。那些石榴树的主人们捧着累累的果实送到奶奶手里，奶奶每年"收获"的果实竟然比老石榴树活着时还要多。

你看看，这可真像农民播种一样呀！你只管把善良像种子

一般撒出，接下来善良会生根发芽然后吐绿开花，待到时机成熟，你会在不经意间尝到比以往播种时多得多的善良之果。就像奶奶一样，把爱无私地献给别人，到头来终将会收获到更多的爱。

黑夜中那道暖光

尚九华

十三岁那年二月的一天,我背了三只家养的鸡,走了好几个小时山路去镇上,马上就要开学了,我想卖掉鸡,然后给自己和弟弟妹妹交一部分学杂费。

但等我到达时,市集的人已经散得差不多了,没人买我的鸡,我从上午等到黄昏,都没能等来一个买主。

西边的夕阳,快要被山峰刺中,天要黑了,我只好失落地收摊离开。

我身无分文,一天都没吃饭,更坐不起车,只能沿着盘山公路，一步步朝回走。

山里的天，黑得特别快，特别浓厚。那些白天看起来或秀丽妩媚，或巍峨高峻的群山，到了晚上，就仿佛幻变成了一头头黑漆漆的巨型怪物，一语不发地将我包围起来，想要随时吞噬掉我似的。

路上几乎看不到人，也没有车，春寒料峭，山风阵阵，吹得我又冷又饿。冷不丁地，从远处传来几声鸟的怪叫声："吾啊吾啊，苦啊苦啊。"

由于没有手电筒，只能一路摸黑前行。我虽是山里的孩子，从小在山里长大，但独自走夜路的机会并不多，胆子也不大，因此，内心的恐惧油然而生，全身都很紧张，也走不快。

也不知走了多久，身后突然亮起了一道很强烈的光，同时听到一阵发动机的轰鸣声。

我转身一看，一辆大货车开过来了，我赶紧朝路边躲让。车从我身边驶过的一刹那间，我内心的恐惧感，瞬间全没了，感到前所未有的安全：有灯光，有轰鸣之声，路上没了黑暗和孤寂！

车子开到前面去了，我依然还保有一丝安全感，尾灯，还在通红地亮着，留下一道亮光。

但，那道亮光，终究离我越来越远。我重新浸入到无边的黑暗中，恐惧再次袭来，人也变得有些绝望——我饿得快走不动路了。

可出乎意料的是，那辆车突然在前面停下来了，车灯，在路面上打出一道不动的亮光。

等我走近时，驾驶室的门打开了，从里面跳下一位清瘦、衣着朴素的中年男子。"小孩儿，这么晚了，你怎么一个人走在这山路上？"他问。

我说了缘由，他又问："你家在哪里？还要走多久？"我用手指了指远山下一处有灯光的地方："就在那儿，大概还要走两个小时吧。"

说完，我便听见驾驶室里有人在说话："太远了，坐我们的车吧，我们送你回家。"

是一个中年女人。

"要钱吗？"我说，"我身上没钱的。"

"要什么钱啊，不要钱，叔叔免费送你回家。"说完，男子便把我的箩筐卸了下来，放进车上，又把我请进驾驶室里，然后朝我家驶去。

车内，比外面暖和多了。原来，他们是一对跑长途的货车司机夫妻，女人给了我一盒饼干，我吃了两块，便没舍得再吃，我想带回家给弟弟妹妹吃。

"你尽管吃，下车时，我再送些给你弟弟妹妹。"女人说，"你跟我们儿子差不多大，一个人走黑路，看着让人心疼啊。"

步行，家远。但在飞速滚动的车轮下，在一道亮光的照引下，并不算远，大约半小时后，货车夫妻便把我送到了村口。

下车后，男子问我鸡怎么卖。我咬牙报出高价："10元钱一只。"他掏出一张50元的纸币给我："我全要了，不用找钱。"

接着，他又说，这三只鸡，我买下来，但不方便带走，送你和弟弟妹妹吃吧，"每人吃一只，好好补补身子，好好学习！"

这时，我才看见他穿的鞋，很破旧，上面粘满了泥巴。年才刚过完，他就出来跑车，我猜想他挣钱也一定不容易，于是便不肯接受。但他还是硬将钱和鸡，都塞给了我。他的妻子还送给了我两盒饼干和三包方便面，那是他们车上仅有的吃食。

之后，车子调转车头，发出一道亮光，消失在茫茫的夜色中。此后，我再也没见过那对货车夫妻了，可他们说的，我跟他们儿子一般大，我一直都记得。

我也想说，他们跟我的父母一般好。只是我父母，暂时无力来爱我，因为承包窑厂亏本，他们欠了一大笔债，躲在外面不敢回来。那三只鸡，是家里仅有的值钱之物，还是因为偷养在大伯家，否则早就被债主们捉走了，它们是我们开学后，还能继续去上学的唯一希望。

那对货车夫妻，在黑夜里关爱了我，驱走了我内心的恐惧，让我感受到了人世间的温情。他们用淳朴和善良，送给了我一道珍贵的暖光。

如今，遇到那些需要帮一把的陌生人，我也会伸出援助之手，不管对方有没有向我施助过，我想把当年货车夫妻给我的那道暖光，传递下去。

人世间，有许多道光，最亮的，当属那一道道直抵心房的暖光。

有些道理慢慢才明白

李光乾

生活中,有些道理不是一讲就懂,一定要等上了年纪或亲身体验后才慢慢知晓。

比如塞牙会引发龋齿、牙髓炎、牙齿脱落等严重后果。但这个道理只有塞过牙的人知道,没有塞过牙的人不知道塞牙的痛苦,看见别人掏牙齿还会觉得不雅观。曾见父亲清理牙齿,让人看了很不舒服。一次吃饭时,父亲又在清理牙齿,我说等吃完了再弄不行吗?父亲说人上了年纪龋齿,一吃饭,食物就往牙洞钻,不将它掏出,就无法吃饭。我却不以为然,我觉得食物将牙洞塞满能加快吃饭速度。因为牙洞塞满了，食物无处可钻，就会争先恐后往喉咙里跑。我将自己的想法告诉父亲，父亲笑笑，说："等你塞牙后就知道了。"

后来五十岁，在牙痛里走了一遭，才知道塞牙非常痛苦。由于龋齿，我的板牙有个洞，每次吃饭，食物就往洞里钻，它们挤压牙龈神经，痛得人龇牙咧嘴。六十岁时，板牙又疼掉了三颗，剩下的几个也摇摇欲坠，但它们仍不守本分，继续以塞牙折磨我，这才忆起当年父亲清理牙齿的情景。当时父亲一定很痛苦吧，我后悔没说过一句体贴安慰父亲的话，好想说声"对不起，父亲"，然而父亲早已作古。

《增广贤文》说："处富贵地，要矜怜贫贱的痛痒；当少壮时，须体念衰老的酸辛。"想当初，我年轻力壮，牙齿就像铜打铁铸般牢固。炒蚕豆，豌豆，黄豆，烧玉米，嚼得"嘎嘣嘎嘣"响，哪里体会得到老人塞牙的痛苦？而当我齿落发稀慢慢明白这个道理想表达歉意时，悔之晚矣。

这才明白，孝顺父母要尽心及时。趁父母健在时常回家看看。当体检时体检，当治病时治病，该买补品时买补品，不要活着时漠不关心，死后才大操大办。古人的"椎牛而祭墓，不如鸡豚逮亲存",说的就是这个道理。可惜有些人依然薄养厚葬,悲夫!

白居易在杭州任太守时,曾拜见道林禅师。他问:"如何是佛法大意?"禅师说:"诸恶莫作,众善奉行。自净其意,是诸佛教。"白居易失望地说:"哎呀,这样简单的佛法,三岁孩童都道得。"道林禅师马上回一句:"三岁孩童道得,八十老翁行不得。"白居易一时语塞。确实,懂道理并不难,有些道理小孩也懂,比如做人诚实不说谎,孝顺父母尊敬长辈,互相帮助团结友爱,等等。但要将这些道理付诸实践,八十老翁也许做不到。

世事洞明,人情练达,知书识礼,是一个人成熟的标志,但不是护身符。许多成功人士并非不谙世事,而是聪明过度。"千般巧计,不如本分为人",正直无私,诚实守信,忠厚善良,自重自律,谦虚谨慎,方能立于不败之地。做人处世并不需要多么渊博的学识和高深的道理,需要的仅仅是一份责任担当及一颗诚实善良的心。

这个道理我也是慢慢才明白的。

"弱德"载物

周心矩

扫码听读

《中庸》里提到,"知、仁、勇三者,天下之达德也"。在历史中,有人刚肠嫉恶,用生命为心中的正义献礼,此乃"勇德"之人;却也有人独善其身,与世无争而矢志不渝,他们是智者,也是仁者,他们更是"弱德"之人。

"弱德"之"弱",非软弱之"弱",更非怯懦逃避,而是一种逆境中的坚守、热烈中的清醒、躁动中的自持,若逆水孤舟上一桅鼓风而进的帆,似静水下涌动的泉。"弱德"亦不等同无所作为,"弱德"之人值得尊敬,因为他们能摒除干扰,独持内心操守——内向修身有所为,外向克己知进退,这便是"弱德"的追求了。

刘禹锡被贬和州,住在城门边上一间狭小的陋室,却自美其美,发出"斯是陋室,惟吾德馨"这样坚定的独白,虽然身居陋室,但在陋室中继续坚持着自己忧国恤民的理想。陶渊明不为五斗米折腰,于是怀抱一颗初心,脱离樊笼,隐居山林,正是为了在"复得返自然"的境界中,执守对生命本质的追求。人道"厚德载物",我想,此"弱德"者,他们有洞察社会的慧眼、探求真理的勇气,更有隐忍的力量、寂寞中的清醒。古代的众多隐士,他们远离纷争,却从未放弃自己内心的操守与追求。可见,"弱德"可谓厚德,"弱德"亦可载物。

"弱德"如水,利于物,而无形。"弱德"之人用温和的方式影响着时代。傅山在人生壮年历经了明清的改朝换代,故国已逝,他便出家为道,为牺牲的亲友作传,让他们的名字刻在历史的长河中。他虽然不曾投身战场,但是却用四宁四毋的美学观点延续着自己拳拳赤子之心。"宁拙毋巧、宁丑毋媚、宁支离毋轻滑、宁真率毋安排",傅山将"骨气胜"作为书法的审美原则,看重书法的朴拙、豪壮与轩昂,这是他对前朝的怀念,也是对清初媚俗之风的痛击。四宁四毋中,蕴藏着中庸的思想,"中不偏,庸不易",傅山从未动摇他的忠诚,不同于反清复明的战士,他用如水的文字,在历史上留下了同样不可磨灭的刻痕。"天下莫柔弱于水,而攻坚强者莫之能胜","弱德"之人如水,他们不像矛戟般锋利,但却具有以柔克刚的力量。

一块棱角分明的石头滚落山崖,多半会跌跌撞撞,粉身碎骨,一颗外表光滑的石头则可能得以保全,因为它找到了与世界和谐相处的方式。"弱德"之德,亘古亘今。在而今这个诱惑很多的时代里,"弱德"之德,像深水中的微光,引着我们穿过世界表面的浮华;像潜水员下潜时的配重,带给我们下沉的力量,重新审视自己的内心,真正观照本真的追求。欲尽其事,必先善其身,我倒是真想成为一颗"光滑的石头",并非油滑市侩,也不在意左右逢源,而是在与现实的冲突中打磨自己,让自己更好地适配于不断变化的社会,发挥出最大的时代价值,在实现追求的路上"从心所欲,不逾矩"。

"弱德"载物,它给予我们执着坚守的力量。

不羡慕

马从春

人生世间,总有一些人和事让我们觉得羡慕。纷纷扰扰的社会中,周围的那些大大小小的圈子里,有人位高权重,有人腰缠万贯,有人幸运连连,甚至有的人一出生,就长得比你好看。

有时候,羡慕别人,不一定是什么坏事。轻度的羡慕,会让你找到差距,树立榜样和目标,继而提升自己。记得读小学的时候,我的学习成绩很好,但总是考不了第一名,每次看到班上那位长期霸占成绩头把交椅的同学站在领奖台上,那种一览众山小、舍我其谁的样子，就觉得很是羡慕。我想，那种感觉，一定挺美，就像夏日里吃冰棍一样凉爽。于是就将羡慕化为动力，终于在某一次考试中成功登顶。

羡慕，是人类的一种本能。面对别人的优秀和成功，他们获得的鲜花和掌声，作为台下的观众，我们常常会低头羡慕，更有甚者，还会有一些所谓的嫉妒和恨。毕竟，幸福是比较出来的，他人的光环往往会让我们觉得毫无成就感，生命的道路上顿时黯然无光。这样的负面情绪，宛如阴霾，会影响心情，对健康不利。

其实，细想之下，很多的羡慕大可不必。每个人来到世间，本身的天赋能力不同，后天的环境机遇也各不一样。一个人的成功与否，只能基于他最初的出发点来看待，即便是一个小小的进步，也是值得肯定的。一朵鲜花的绽放固然亮丽，而荒野路边的野草，也会在春天，用一抹绿色展示自己的精彩。

不羡慕，是一种智慧，是一种生活态度。年少轻狂，壮志凌云欲仗剑天涯，及至告别懵懂蓦然长大，才幡然醒悟，原来这世间的一切早已有所定数。一个人的努力固然没有上限，但也应该明白，所有的追求都有界限。你可能不是最好的，但也绝不是最差的，每个人的身上都有自己的闪光点。

人到中年，要学会不羡慕。中年人生，生命的马拉松已经过半，不要急于冲刺，应该多一分恬淡从容。没有了血气方刚，放下欲望的包袱，得到大度和宁静。中年人，上有老下有小，既要工作又要赡养老人、养育孩子，是家庭的顶梁柱、单位的骨干精英。抵御各种诱惑，学会多做减法，抛却冗繁，回归简约人生。

很多时候，你羡慕别人，其实别人也在羡慕你。每个人来到世间，都是带着上天赋予的任务来的，所谓天生我材必有用，大凡世间之人，必有其所属。面对别人的精彩，不必自卑，不必伤感，做好自己，成为他人眼中的风景也未尝不可能。

不羡慕，花开有时，花落亦有期。该做的事情全力以赴，不属于自己的东西绝不强求。这个世界只有一个你，独一无二不可替代，找准自己的位置，自然会无与伦比，拥有属于自己的一方天空。

且留二分与人

凌士彬

人生不宜太满,且留二分与人。

水满溢,月满亏,物极必反。所以中国文化,讲究谦逊与退让。连起名字都不宜"天一""冠峰",如果叫"亚文"就比较温和近人。

为什么购房者讲究阳台和朝向,为什么住高层的人不怀恋平房而怀恋院子,其实都是中国人的文化心态。阳台的作用不能与卧室比,但购房看屋,都要斟酌阳台的大小和朝向。因为阳台是开放的空间,是生活退一步的地方,比如吃腻了,睡足了，就想躺在阳台里透透气，泡一壶香茗，捧着一本书，自在消遣。有时看看风景，有时看看天气。阳台少有房屋的使用价值，却有无可代替的休闲作用。

那么，曾经的院子呢？一位老师写了一篇散文《遥远的院子》，引起了很多人的共鸣：心头温暖，向往难抑。就是阳台虽然是缩微的院子，却不能代替院子。院子一是大，大可以等同正屋的面积。如果是农村，你的前场后院，都可以围成自己的院子。看着偌大的空间，有一种私欲得到满足的幸福感。其实，院子大了，也没有多大的实用价值，但搭个鸡笼，建个狗窝，还是随手就能解决的事。我认为，院子的最大好处是，可以排一溜蒜，种一畦菜，栽几株果树，有绿意，有阴凉，可以在酷暑时节里，退守一片清凉。如果你没有田地可种，那平房前后的院子就是神仙的所在——比神仙的洞府，可要讲究得多。记得初中时几位乡村教师，夏天傍晚，放一张凉床，摆几把躺椅，拿若干蒲扇，口吟"红藕香残玉簟秋，轻解罗裳，独上兰舟"，就是悠哉的神仙生活——在从封闭的卧室堂屋延伸出来的空间里，他们手把小壶，轻啜酽酽细茶，自由着自己的自由，幸福着自己的幸福。

所以,"虚"的魅力,不是真虚,而是虚实相生,虚里藏实。"实"往往是有限的,而"虚"可以任意选择,大胆发挥,无限放大,摆放自由和快乐。不把生活填实塞满,就是做人做事的大智慧。"天下三分明月夜"的下一句是什么?懂一点文学知识的人都知道,就是"二分无赖是扬州",唐人徐凝的诗句。扬州美,但不是冠盖天下,只有"二分"且是"无赖",有人说这里的"无赖"有"可爱极了"的意思。那此外"一分"明月呢,让给天下吧!最"无赖"的月光美景,不过是这样赞的。

那么最美的人生呢,"履至尊而制六合"才让人心满意足?隋炀帝"但求死看扬州月,不愿生归驾九龙",结果不久,他的人生就退场了。所以,还是请遵循"二八"法则吧……马力不挂五挡,音量不开满格。

红烧肉碗头鱼

徐立新

有年冬天，父亲请回来一位木匠，让他帮家里打制大衣柜和橱柜。做木工活儿期间，木匠的中饭和晚饭，都得由我家供。为此，母亲特意买了一斤多猪肉，做了一碗香喷喷的红烧肉，配上几样自家菜园里的蔬菜，招待他。

那时，乡下人都很穷，一年吃不上几顿肉，红烧肉属于绝对的好菜，让人直流口水，尤其对嘴馋的小孩们。

第一顿饭时，父母客气地让木匠多吃红烧肉，木匠说，吃嘛，我吃的。但一顿饭下来，他只尝了一小块，反倒是我连吃了好几块。

吃完饭后,母亲把我叫到一旁,低声严厉批评道:"你怎么一点都不懂事?那肉是做给木匠师傅吃的,他要在我们家吃好多顿,你把肉吃了,后面我们拿什么来招待他!"

我羞愧不已,承诺以后不会吃了,母亲听后,摸了摸我的头,叹了一口气。

之后,每天吃饭时,母亲都要把红烧肉端上桌,客套地请木匠吃,木匠说,好,好,但却很少去夹。我也不敢去夹了,那碗肉,就那么天天被原样不动地端来端去。

但,那碗油汪汪、色彩鲜亮、肥瘦相间的肉,实在是太诱人了,馋得我到底还是动了歪点子——一次,趁父母都在厨房里盛饭,我飞快地夹了两大块,并迅速地将它们埋到碗底。然后,假装若无其事地捧着碗走开了。

目睹这一幕的木匠,不但没有吱声,反而等我回来后,又夹了一块给我。不知情的母亲见状忙说,您自己要吃呀,怎么光给小孩夹。"我刚才吃了,你看,碗里都少了好几块。"木匠看着我,温和地说,"孩子正在长身体,是要吃肉的。"

看着我满嘴的油,母亲似乎一下明白了,她瞪了我一眼:

"不懂事儿。"

大约五天后,活儿干完了,最后一顿,木匠吃了两块红烧肉,然后拿了工钱走了。

木匠走后,母亲对我说:"现在你可以吃碗里的肉了,这大半碗都归你。"

我高兴坏了,夹起一块就朝嘴里送。肉到嘴中,才感到跟几天前吃到的不一样——它太软烂了,入口即化,原来,母亲顿顿将它放在锅里蒸,重复加热,硬是将它蒸得如同熟透了的软柿子。

饭桌上的"碗头鱼",同样也是不能轻易动筷子的。儿时,鱼在我们老家,是非常稀罕的好菜,平时吃不到,只有到过年,父亲才会买回一条鲤鱼,作为春节时的"碗头鱼"。

年三十的下午,父亲会把做好的"碗头鱼"带到山上,摆在祖父的坟头前,让他老人家"吃"点荤腥,"尝"一下阳间的好菜。

等祭祖仪式结束后,父亲会小心翼翼地把碗头鱼带回家,放到桌子上。

年夜饭,是一年中最丰盛的一顿大餐,会有一些荤菜上桌。但鱼类的菜肴，只有那碗碗头鱼，且不能去吃，它是装点桌面的，寓意"年年有余"，要一直完整地留到正月十五。

春节期间，每当有客人来吃饭，母亲都要小心翼翼地把碗头鱼端上来，生怕鱼头断了，或鱼身破了，那就不吉利了，兆头不好。记得有一年，小妹想尝点鱼肉，用筷子在鱼身上弄了个小洞，父亲看到后非常生气，连打带骂了一顿。那几年，家里一直是祸事不断，心情郁闷的父亲，借机把原因归咎到小妹的头上。

过了正月十五，终于可以吃碗头鱼了。那天，父亲把年迈的外公外婆也叫来，一起吃。放了半个月的鱼肉，吃起来竟然一点儿没变味儿，父亲特意给小妹多夹了好几块，可把她乐坏了。

好菜，一定要客人先吃；好菜，一定要少夹；好菜，一定要多等等。这是父亲和母亲教导儿时的我们，在饭桌上要遵守的进食礼仪。

如今，人们生活条件好了，百姓餐桌上，餐餐鱼，顿顿肉，已是平常事了。类似一碗红烧肉蒸到软烂，一碗鱼摆到正月十五的事，几乎绝迹了。

但每每忆起这些往事,我还是很有感触,不觉是苦,相反是很甜的,木匠师傅的知情不说,父母给我和小妹的愧疚弥补,都让我品尝到人世间的另一味——淳朴的包容和无奈而又真实的亲情之爱,而在那些艰难岁月里,在乡村饭桌上养成的自律礼仪,也让我受益终生。

清流人间

照古腾今邓石如

江舟

邓石如是清代著名的篆刻家和书法家。"刻苦寻求八体书，清朝第一有嘉誉。穷追二李开新法，照古腾今邓石如。"这是日本著名书法家渡边寒鸥评论邓石如的一首七绝诗。

邓石如，原名琰，为表示自己"不负，不低头，不逢迎，人如顽石，一尘不染"之品格，遂字"石如"。因他家在安徽省怀宁县皖公山下，便格"皖"字拆开倒用以为号，称"完白山人"。他五十四岁时，清仁宗嗣位，为避"琰"字讳，乃以字行，更名"完白"。又因其长期一笈横肩，遍游天涯，故又自号"笈游道人"。康有为评他的书法篆刻为"千百年来一人"。

从一个"少产乡僻,眇所见闻"的穷孩子成为著名书法家,究其原因是多方面的。首先在于他的刻苦好学。他年少时以白居易习书、写作致使手腕起茧为楷模,惜时发奋,学习书法刻章。但家境贫苦,买不起碑帖和有关书籍,于是他从十七岁始,以书法、刻印鬻艺出游,以寻求书刻艺术的"群书"。安徽、江苏、浙江、山东、河南、河北、湖南、湖北和江西等省都留下了他的足迹。多少个除夕和中秋,他或寻访碑碣,或卖字求生,或贪婪读书,荒庙野寺是他经常栖息之所。

他多次登上泰山、峄山,细心揣摩秦汉刻石;为了寻找残碑断碣,他经常走人迹罕至的山道;为获得第一手资料,他五十岁时还一再攀登匡庐绝顶,一连饿了八日,只以草木果实充饥。穷困的境遇没有阻止邓石如寻求书刻艺术的决心,他六十二岁时还登泰山观碑。一次游黄山,踏遍三十六峰,见怪异而具情趣的石块,他感到对治学有所启发,就满贮两大囊石头。为减轻负担,他竟然抛掉行李,但重负仍压得他足破肩肿。担石归途路经广德,市人皆笑其迂腐,而他依然扬扬有

人间清流

喜色。

四十多年的刻苦寻求,不仅使邓石如通过临摹古人碑碣吸取了必要的养分,而且在实际艺术生活和对大自然的观察体验中,进一步锻炼了他的书刻技巧。

乾隆三十九年(1774年)的一天,邓石如在寿州(今安徽寿县)为寿春书院诸生刻印、书扇。该院书法主讲梁山献见到邓石如的作品后,连声赞道:"此子未谙古法耳,其笔势浑,余所不能。"当他得知邓石如学书刻印的经历后,非常同情,除直接给予指导外,还将邓石如介绍给江宁的朋友梅。梅家中藏有"秘府异珍"和秦汉以后历代的许多金石善本,虽家道中落,仍接纳了邓石如,不仅尽出所藏供邓石如纵观博览、悉心研习,而且还为他提供衣食及笔墨费用。邓石如"每日昧爽起,研墨盈盘,至夜分尽墨乃就寝,寒暑不辍"达八年之久,在梁山献的指导下,学成了正、草、隶、篆各体书法,所治印苍劲庄严,流利清新。

乾隆五十年(1785年)某日,邓石如到安徽歙县卖书刻印,被翰林院编修、金石书法家张皋文见到,张皋文认为邓石如篆刻锋劲刚健、姿态婀娜,很是敬佩。当时,张皋文正客居在徽州府修撰金榜的家里，他把邓石如的书刻情况告诉了金榜。金榜慕才，冒雨把邓石如从一个荒凉的寺庙中邀至家中，与之畅谈书印理论。当时金榜家有座宏大壮丽的祠堂，堂中有不少楹联和匾额，是由金榜数易其稿精心书写后镌刊而成的。金榜自以为水平较高，及至见到邓石如的书法篆刻，深感相形见绌，于是招来工匠，把匾额凿掉，又架起屋顶，把柱子放下，请邓石如重写刻成后再建。邓石如在金榜家还阅读了不少金石书法典籍和名人墨迹，又一次开阔了眼界。一年后，邓石如由金榜推荐，先后结识了京城户部尚书曹埴和身居相国要职的刘墉等艺坛名流，得到了他们的赏识和帮助。

邓石如寻求书法刻印艺术能吃苦，肯钻研，有恒心，加上一些有识之士的鼓励和帮助，终于成为一位出类拔萃的书法、篆刻艺术大家，蜚声海内外。包世臣评其篆隶已达于"平和简静，道丽天成"之境，列为神品；草书能品上，楷书逸品上。朝鲜著名学者金秋史于道光初年时评曰："邓完白先生篆隶，天下奉为圭臬，殆无异辞。"邓石如的印章艺术被识者目之为"印从书出""一举突破陈规"的奇品，誉为"邓派"。

傅雷：在翻译上不宽恕

段奇清

傅雷总是与流俗格格不入，心地却非常善良，乐于助人。有位青年画家刚刚入行，名不见经传，日子过得穷困潦倒。因在翻译巴尔扎克作品方面的卓越贡献，被法国"巴尔扎克研究会"吸收为会员的傅雷，从朋友那儿得知此事后，便让这位画家把作品寄到法国，他极力进行推介。很快，这位画家便蜚声国内外。一位能写作的老先生失业，想以投稿渡过难关，傅雷便找自己熟识的编辑，千方百计地为老先生牵线搭桥。最终，为了让老人过上安稳的日子，他为老人找了一份家庭教师的工作。

　　傅雷热心助人，有时似乎"过了头"。他的朋友冒效鲁俄文底子好，领导就让冒效鲁翻译瓦卓夫的短篇小说，可译稿文白杂糅，冒效鲁便请他修改。稿子返回时，圈改涂抹，几乎已看不到原稿。有人对傅雷说，人家只是要你润饰一下，你这样改得面目全非，不怕朋友难为情吗？傅雷说："要我修改，这是信任我，我可不能辜负这份信任。再说，翻译作品的文字一定要流畅、传神，才是对原作者和读者负责。"

　　人们称赞傅雷的译作"颇为奇巧，多神来之笔"，可以说，他对自己的翻译到了苛求的地步。他译作宏富，如翻译了巴尔扎克、罗曼·罗兰、伏尔泰等名家大量著作，每一个字皆要做到准确、妥帖。他说："任何作品不精读四五遍，决不动手，是为译事基本法门。第一要求将原作连同思想、感情、气氛、情调等化为我有，方能谈到移译。"

　　由于他是浦东人，担心自己的译作因辞害意，他从有着地道京白的老舍著作中汲取营养，曾花费很长时间对其研究琢磨。每每翻译一部作品时，为了解决一些疑团，除了参考《国语大辞典》，他还常常对照该法文原著的英译本，到徐家汇藏

书楼查阅法文参考书。甚或不惜给万里之外的异邦友人或原作者写信，比如他就多次写信给罗曼·罗兰，请求释疑解难。纵然如此，许多作品译后他仍会烧掉重译。

傅雷恨不得所有国内的翻译家都能像他一样，因此他认真得"眼里容不得一粒沙子"。20世纪50年代初，他竟花费了大量时间搜集了1949年前后翻译小说存在的缺点和毛病，写出了"万言书"，寄到主管文化部门的领导手中。领导阅读后大为称赏。

不久，文化部部长沈雁冰主持召开全国翻译工作会议，将他的"万言书"印发给与会人员。时值暑天，人们挥汗学习讨论"万言书"，打破了许多人原有的避暑计划，引起了一些人的不悦。又因为该"万言书"写得有根有据、枝叶分明，得罪了一些人，引起了翻译界一场小小的风波。傅雷字怒安，深知他个性的冒效鲁便和他开玩笑说："老傅，你的大号要改三分之一，把'又'换成'口'。一怒而安天下，把怒安改成恕安，以恕道对学人，一恕而安也。"

傅雷明知朋友是在开玩笑，且是一番好意，以免他撞得头破血流。可他说：对于一些人的马虎敷衍，甚或粗制滥造，我没有"雷霆之怒",只是严肃指出,已是很客气了。要我无原则地容恕人,而求一己的安稳,此并非我的性格!

"傅雷爱他自己的文章,爱他所翻译的作家的作品,所以对它们非常认真";"他是个有个性、有思想的铁汉子、硬汉子,他把人格看得比什么都重"。可以说,傅雷在用生命捍卫自己做人的原则和人格,维护翻译工作及其译作的纯洁性。

于半鸭 于糠粥 于青菜

郑学富

清初名臣于成龙早年科举失意，后来大器晚成。清顺治十八年（1661年），四十四岁的于成龙被清廷任命为罗城县知县。他不顾亲朋好友的阻拦，抛妻别子，来到遥远的边荒之地广西罗城上任。《清史稿·于成龙传》记载："罗城居万山中，盛瘴疠，民犷悍。方兵后，遍地榛莽，县中居民仅六家，无城郭廨舍。"县衙也只是三间破茅房，于成龙只得寄居于关帝庙中。他遵循"治乱世，用重典"的原则，在罗城为官三年，就使罗城摆脱混乱，得到治理，出现了百姓安居乐业的新气象，方圆百里人人称颂于成龙功德无量。当地百姓见于成龙不带家眷，插蒿棘为门，以土砾为几案，生活极其清苦，便主动给他送来一些盐米，于成龙一概谢绝，他说："我一个人无须这些东西，你们拿回去孝敬父母如同我受。"

康熙八年（1669年），于成龙被擢升为湖广黄州府同知，在麻城歧亭"黄州二府衙"工作生活了四年。麻城非罗城可比，沃野千里，稻米飘香，衣食丰腴，可是于成龙的生活仍然十分俭朴，平时布衣蔬食，与平民百姓别无二致。每天早晨，他买豆腐脑一小碗，作为早餐。他说："日节一口，月积一斗。"在此期间，他曾写一词《百字令》曰："楚天和霭，忽风狂云暗，霎时雨溅入篷窗，喷碎玉，湿透竹，穿珠滴，龟怒龙吟，雷轰电掣，永夜无休息。挑灯倚枕，危墙只恐吹揭……"他在歧亭住的竟然是四面透风的危房。他的大儿子于廷翼来歧亭探望父亲。廷翼心想歧亭乃富庶之地，父亲的生活状况一定不同于罗城，今非昔比了，不料其父仍然非常节俭，囊无长物。廷翼返回老家时，府中只有一只腌鸭，于成龙就割了一半给廷翼作为路途之食。所以民间流传"于公豆腐量太狭，长公临行割半鸭"。

人间清流

康熙十年（1671年），黄州大旱，颗粒无收，很多老百姓家里都揭不开锅了。歧亭周某是世家子弟，家道败落，生活维艰，八月未到家中断炊，几个孩子啼饥不已。周家拘于身份，爱面子，不外出乞讨。于成龙得知后，便将自己卖骡子的钱买了两石稻谷送给周家，而他自己则以糠粥为食。于成龙招待客人也只能以糠粥为餐。有一天，一位友人到歧亭看望于成龙，于成龙就以糠粥招待他，友人确实无法下咽，便放下筷子不食。于成龙开玩笑说："糠粥在贫穷人家是家常便饭，在官吏富豪家则是稀罕物。我是很喜欢吃的，改天到你家，你要不给我煮糠粥，我一定要罚你出钱赈济灾民。"当时歧亭有歌谣四方传唱："要得清廉分数足，唯学于公食糠粥。"于成龙因此又获得了"于糠粥"的雅号。

康熙十九年（1680年），于成龙被擢为直隶巡抚。作为一方巡抚，他仍旧坚持清廉节俭，甘守淡泊，不以为苦。每天以"屑糠杂米为粥，与同仆共吃"。翌年蒙康熙帝召对，皇帝对他非常满意，称赞他为"清官第一"，下赐帑金、御马，并御制诗歌赠送给他，以示宠幸。

未逾两年，于成龙又出任两江总督。他从直隶到江宁赴任,与幼子同行,父子俩租了一辆驴车,每人带数十文钱,途中自己掏钱住旅店,而不住公家的驿馆。于成龙上任之初就明确表示,减免一切用于摆酒设宴和游玩作乐的陈设与用具,并且明令不许设宴迎接、拜会和祝贺。有一次,下属官吏办了一个很简单的酒席,邀请于成龙参加。他问为何设宴,属下回答"为总督增寿"。于成龙笑道:"以他物寿我,不如以鱼壳寿我。"原来,当时江南出了个江洋大盗,名叫鱼壳,此人武艺高强,凶猛强悍,祸害一方,官府也奈他不得。于成龙的一句话,下属感到惭愧,后来筹款请江南名捕将鱼壳抓获归案。于成龙在江南鱼米之乡任职期间,"日食粗粝一盂,粥糜一匙,侑以青菜,终年不知肉味"。他的儿子们,冬天只穿短衣或棉袍,没穿过一件皮袄。总督衙门的官吏在严格的约束下,"无从得蔬茗,则日采衙后槐叶啖之,树为之秃"。江南民众被他的清廉节俭所感动,送给他一个雅号"于青菜"。

于成龙在两江总督任上去世,床头的木箱中只有一套官服,别无余物。南京百姓皆痛哭流涕。康熙帝破例亲自为他撰写碑文,这是对他廉洁刻苦一生的表彰。

拜访音乐家李重光先生

张锁军

谁说得病是一种遭遇？我说是一种幸遇。

这次在北京大学国际医院调血糖，听说隔壁住着九十高龄的音乐家李重光先生，我就决定去拜访了。

吃过早饭，我轻轻敲响了他病房的门。单间，很干净，无异味儿。听我说是来拜访老爷子的，护工大姐很热情地招呼我进屋。李老也缓缓地从阳台处走来，把满脸的微笑和满身的阳光一起带给我，像见到老熟人似的上前握住我的手。

我说："李老师，我是您隔壁的病友，来找您说说话，可以吗？"他立马回话："可以，很好啊！"我搀扶着他坐在沙发上，向他谈起小时候就喜欢他创作的儿歌时，他对我笑了笑，开启了话匣子……

初感他是一位很朴实的老人，无论谈专业还是谈生活，都是那么娓娓道来、语重心长。谈起儿童时期经常唱他谱写的《小鼓响咚咚》时，他高兴地说："那是很早以前谱写的，你还记着，我很开心。老了老了，回想当年，还是自觉做了一些事情的，感觉没有白活，也就知足了，呵呵！"

谈到我也写一些儿童文学作品，并讨教为儿童写作需要注意一些什么时，他说："就说我吧，我喜欢孩子们，因为他们活泼可爱，内心纯净。不像我们大人，有时还遮掩什么……"谈话中，他四次提到"喜欢孩子"，喜欢走进孩子的内心世界，为孩子们创作既好听又励志的歌曲！

我说："一个'喜欢'就够了。你喜欢孩子们，于是深入他们的生活，创作了很多儿童喜闻乐见的作品，一代代的少年儿童唱着您的歌、听着您谱写的曲子快乐成长，这是莫大的贡献啊！"

李老说:"是啊!写儿童作品就要接地气,不要只追求高大上的东西。说儿童话,写儿童事,谱儿童喜欢听的曲儿,乐哉悠哉!"他说着,脸上泛起了红晕。

半个小时过去了,怕影响老人饭后休息,我起身告辞。李老也缓缓站起身,力道很大地握住我的手说:"愿意跟你们这样有作为有思想的年轻人说说话。"我说,我也不年轻了,都年过半百了。他说:"看不出来呀,所以我坚信,喜欢为孩子们创作的人显年轻,你说是吧?"

我说:"是!是!"我刚说完,他又和蔼地看着我问:"你说我有多少岁?"

我想了想说:"也就七十来岁?"李老哈哈大笑说:"再加二十岁。"说完,开心地笑个不停。

他拉着我的手,再次示意我坐下,饶有兴致地谈起了他创作钢琴教程一事,说那时的作品应该是比较早的音乐基础教材,有人说是什么首屈一指,填补空白。其实他也是想让他的作品使大多数人受益。文艺创作只有抱着接地气的态度,写出来的作品人们才喜欢,也就能经久不衰。他想了想,说:"前段时候去深圳讲学,在一个大厅里,听到有母子在唱我的歌,我既惊讶又高兴,我的歌曲至今还有人在传唱,很欣慰啊!"说完这些,李老的脸上溢满了无比自豪的神情。

喝了一口水,抿了抿嘴唇,李老靠近我,神秘地附耳说:"告诉你一个好消息,今年,我的六七首钢琴曲就要入选一本国际通用音乐教材了,中国人的音乐作品能传出国门交流,实在不容易,这也叫文化认同吧。哈哈!"在向他祝贺的同时,我说李老你真爱笑,他朗声说:"你看,我脸上满是快乐的五线谱。"我看了看李老,也随着他笑起来。我真的觉得他脸上那些小小的黑斑点,恰似好看的五线谱上的小音符,在幸福的笑靥里回响漾动,这何尝不是快乐人生的积淀啊!

停住笑。他严肃地说,你不知道吧,我还喜欢画画,山山水水的都能画上几笔。人啊,爱好广泛些,人生才有宽度,才感觉越活越有意思。

要去饭后遛弯儿去了,护工大姐帮他整理了衣衫,我帮他拿起了龙藤木手杖。护工大姐说:"今天老爷子很高兴,难得他能跟你谈这么多。平时,他很少跟我们说话。"

搀扶老爷子出门,望着他慢慢远去的身影,我肃然起敬。

人间清流

老一辈专家学者,有着对生活的满心热爱,有着对事业的满腔热忱,实实在在做事,心安理得工作。晚年追忆时,能为自己的学术成果而骄傲,并畅快地分享给他人,这是一件多么幸福的事啊!

樊锦诗"敦煌女儿"

玩月轩

在"感动中国2019年度人物"颁奖盛典上，主持人白岩松为一位白发苍苍的老人宣读颁奖词："舍半生，给茫茫大漠。从未名湖到莫高窟，守住前辈的火，开辟明天的路。半个世纪的风沙，不是谁都经得起吹打。一腔爱，一洞画，一场文化苦旅，从青春到白发。心归处，是敦煌。"这位获奖老人就是敦煌研究院第三任院长，被誉为"敦煌女儿"的樊锦诗老人。

樊锦诗，1938年出生于北京一个知识分子家庭，从小体弱多病，读小学时曾经感染小儿麻痹症，病愈后腿脚不利落，但

人间清流

是，就是凭这两条瘦弱的腿，在条件异常艰苦的敦煌，她穿越荒漠和戈壁，走过许多常人难以想象的艰辛和坎坷的道路，这一走就是五十多年。

1962年，北大考古专业即将毕业的樊锦诗，来到了敦煌莫高窟实习，石窟精美绝伦的壁画深深地吸引了她，然而，由于水土不服，实习期未结束，她就离开敦煌回到了学校。原以为，自己再也不会去荒凉的沙漠了，可是，毕业分配，她竟然被分到了敦煌。消息传到她父亲那里，父亲不忍宝贝女儿在荒漠受苦遭罪，便给校领导写信，希望能够重新分配，为女儿找一个离家近一些、条件好一些的工作。樊锦诗想到敦煌瑰丽无比的国宝，很快说服了爸爸，将信扣留。1963年，踌躇满志的樊锦诗，响应国家号召，踏上了去往大西北的征程，这一年她25岁，这一去就是一辈子，正所谓，择一业，终一生。

其实，刚到敦煌的时候，她自己也不知道能够坚持多久，毕竟这里的条件太艰苦，研究所只有一部手摇电话，晚上只能用蜡烛或手电照明，上趟厕所都要跑很远的路，半夜里，老鼠吱吱叫着往被子里钻。面对如此恶劣的生存环境，许多人先后打退堂鼓，离开了敦煌莫高窟。然而，当她看见洞窟，便忘记了一切。在这里，她看到和学到的不仅仅是洞窟内灿烂的壁画雕塑，更是莫高窟人用爱和生命创造的精神雕塑，老一辈敦煌人的"莫高精神"感动她，召唤她，使她坚定了将毕生精力和智慧献给莫高窟的决心。

樊锦诗的丈夫是她北大同窗，毕业后分在武汉大学任教，两人一直两地分居。虽然樊锦诗深爱着丈夫和两个儿子，但是，她更爱敦煌，更爱这几百个洞窟和她为之奋斗的事业。1986年，丈夫被她的爱岗敬业精神所打动，幽默地说，还是敦煌胜利了，老彭投降了，看来我得过去跟你腻在敦煌了。当年已经是武汉大学历史系副主任的丈夫，放弃了自己的学术生涯，来到妻子身边，结束了两人19年两地分居的相思之苦。

1998年，已经60岁的樊锦诗，升任敦煌研究院院长。不久，当地政府提出商业开发莫高窟，使其上市。樊锦诗立刻站出来反对，兰州北京两地跑，经过努力，终于平息了莫高窟上市风波。为了更好地保护石窟，她在各大景点对莫高窟实行限流，有人说她傻，到手的钱都不赚，可是她想的更多的却是如何守护敦煌，保护文物，努力做到完完整整、原汁原味地将莫高窟的全部价值和历史信息传给子孙后代。

人间清流

为了既能保护好壁画和彩塑，又能让文物活起来，樊锦诗想到了一个全新的领域"数字敦煌"。她和敦煌研究院的同仁，经过十多年的探索和不懈努力，在全国文物界率先建立数字展示中心，并推出《千年莫高》和立体球幕《梦幻佛宫》两部影片。不久，一个更加大胆而清晰的构思，在老人脑海中酝酿，那就是为每个洞窟、每个壁画、每个雕像建立数字敦煌档案，通过敦煌壁画数字化采集方式，将莫高窟"容颜永驻"，使文物实现永续利用，永久保存，得到"永生"。2016年5月1日，"数字敦煌"资源库正式上线，自此，全世界的人们都可以通过网络，免费欣赏十个朝代三十个洞窟，的高清图像和全景漫游，如今的敦煌，已经成为世界的敦煌。

在敦煌研究院的一面墙上，有这样一段文字："历史是脆弱的，因为她被写在了纸上，画在了墙上；历史又是坚强的，因为总有一批人愿意守护历史的真实，希望她永不磨灭。"这正是一代代莫高窟人，倾其一生守护敦煌的"莫高精神"最好的诠释和写照。正如樊锦诗所说：我这辈子"守一不移"，用毕生的精力只干了一件事，那就是保护莫高窟。

用嘴"战斗"的英雄

高凤英

杜富国,扫雷英雄,2018年感动中国十大人物之一。在一次边境扫雷行动中,面对复杂雷场中的不明爆炸物,他毫不犹豫地对战友喊出:"你退后,让我来。"在进一步查明情况时突遇爆炸,当弹片伴随着强烈的冲击波扑面而来的时候,杜富国用身体护住战友,战友安然无恙,而他的防护服却被炸成碎絮,整个人血肉模糊、惨不忍睹。经全力抢救,总算保住了性命,但双眼和双手永远失去了……

受伤住院期间,当被问及出院后有什么打算时,杜富国坚

人间清流

定地说:"虽然没有了手和眼睛,但我还有嘴,我要用嘴继续为部队做贡献。我要把扫雷故事讲给更多的人听,让更多的人了解扫雷战士的勇敢、坚强和报国情怀,所以今后我想做一名播音员。"战友和家人都劝他:"不要想太多了,好好养伤、好好休息,主持人不是那么好当的。"杜富国却说:"虽然我的水平离专业播音员还差很远,但就像当初学扫雷一样,我要从零开始!只要不断坚持,一定能进步。"

为早日实现梦想,杜富国说干就干,他每天除了做康复治疗外,还积极练习普通话。吐字、发声,一字一句,杜富国学得很吃力。那次受伤,除了眼睛和双手,他的肺部和声带也受到一些损伤。一遍又一遍地练习,在学习中,他的声音变得清晰而洪亮了。整个人变得越发自信起来。

为帮助排雷英雄实现播音梦想,今年初,南部战区陆军机关专门为杜富国购置了一套播音设备,并协助杜富国进行系列播音策划,开设专题播音节目。杜富国在首期节目中以《我只是做了军人应该做的事》为题,深情讲述自己从参军到扫雷、从负伤到康复的过程中,用无悔选择诠释"有灵魂、有本事、有血性、有品德"的新时代革命军人的精神担当。

为让播音效果更加深情、真实,杜富国放弃了由他人领读自己复读,再后期剪辑的录制方式。他坚持全文背记,经常加班到深夜。

许多网友动情地模拟杜富国的心声说:"手不能动、眼不能看、可我的嘴能说。我有满腔的激情、赤诚的热血,我永远不变的誓言——让我来!这是战斗的号角,这是永远向危险冲锋的姿势,这是永远无法遏制的英雄情怀啊!"

在"时代楷模"发布会现场,主持人问杜富国:"如果再给你一次机会,你还会选择扫雷吗?"他说:"假如再给我机会,哪怕一千次、一万次,我也会坚守初心,做出同样的选择!"

早在 2015 年 6 月,杜富国向队里递交的扫雷请战书就这样写道:怎样的人生才是真正有意义、有价值的?衡量的唯一标准是真正为国家做了些什么,为百姓做了些什么。一个声音告诉我,我要去扫雷,这就是我的使命!

在杜富国的影响下,他的妹妹富佳和一个弟弟富民,一个是护士、一个是医生,在抗"疫"战争中,都主动请战"让我来",而远在西藏山南军分区某边防团服役的幺弟杜富强,则和战友蹚冰河、攀崖壁、过险隘，跋涉在艰险的巡逻路上。而杜富国本人，疫情防控期间正好在老家贵州湄潭，尽管行走不便，他却奔波在各个疫情防控劝导点，鼓励大家：听党指挥，共克时艰……

下一步，"播音员杜富国"系列节目，要播出的内容是《我的家风》。他要深情讲述自己的家国情怀："没有强大的祖国，哪有幸福的家？""苟利国家生死以，岂因祸福避趋之！""奋斗的青春最美丽。"生命不息，奋斗不止，爱在路上，奉献在路上……

人间清流

安宁

在眉山喧哗的人群里,我与老人吴青相遇。

老人吴青已经八十多岁了,眉眼里却始终是孩子一样的清澈和透明,似乎那里有一汪泉水,任谁站在她的面前,心底隐匿的哪怕游丝般的虚浮,都会清晰倒映出来。而且人还逃不掉那视线的审视,即便躲藏在一堆腐烂的树叶里,她也会瞬间将那个小小的人儿,从肮脏里挑出,挂到烈日下曝晒。

作为冰心的女儿,她有着特殊的身份。但她一直很认真地向人强调:我娘是我娘,我是我。因为冰心曾在山东生活的缘

人间清流

故，她孩子一样撒娇地称呼母亲为娘，这让出生在山东的我，觉得温暖亲切，似乎我们曾经在一片土地上，一起生活过，沐浴过丰沛的雨水，浸染过草木的色泽，注视过同样的星空。那里还有《小橘灯》中散发出的微弱但却坚定的光，将很多人脚下的路途，温柔地照亮。

"我娘告诉我，要做一个真的人，不能说假话。"吴青老先生这样一字一句地说，"可是，很多人却满嘴谎言，毫无底线，他们连一个真正的人、大写的人、堂堂正正的人，都不是。"她的声音高亢，响亮，有着让人内心震动的力量。"我娘还告诉我，一个人要有爱，像繁体字里的爱一样，用一颗心去爱。"

她的确是这样做的。在人群里，她拄着拐杖，不让人搀扶，昂首挺胸，独自一个人慢慢行走。她的眼睛，总会立刻发现别人的虚伪，并毫不留情地指出。在葡萄园，讲解人员介绍，这里一直坚持绿色种植，没有污染。她指着地上不知谁丢弃的矿泉水瓶、烟头、废纸，很认真地纠正道：小伙子，你不要说谎。说完她又费力地弯下腰去，捡拾那些垃圾。有人走过去，说："吴老师，我来帮您捡。"她再一次孩子似的较真儿：

"你也不真诚,怎么是帮我捡?难道这是我一个人的责任?保护环境,是我们每一个人应尽的义务。"那人红了脸,而更多的人,则笑看着她,好像在看一只孤傲的野鹤,突然间降落在喧哗的鸡群,因为鸡群的热闹,而更凸显出她的孤独。

一个人要走多久,才能穿越重重的迷雾,穿越无边的黑夜,成为一个真的人,一个即便被人孤立,依然内心单纯洁净的人?我看着人群中不停弯腰捡拾着垃圾的八十多岁的老人,这样想。

她有数不清的问题,而且打破砂锅问到底,像一个好奇的孩子。面对她诚挚的发问,讲解员不得不时时停下,字斟句酌,给予回复。她问为什么没有设置残障人员专用的洗手间;普通女工有没有产假;如果她们生病了,不能上班,会不会被扣薪水;她们每个月的收入,够不够生活;谁来给她们购买医疗保险……

她已经八十多岁了,可她说,依然有许多的知识,等待她永不停歇地学习。她会熟练地使用微信,加她,通过后,尽管对方知道她的名字,依然会收到礼貌的回复:您好,我叫吴青。她如此注重细节,以至于每个被她注视的人,都会下

人间清流

意识地审视自己，并借助她的眼睛，照亮内心那些阴暗粗鄙的角落。

在三苏祠，因为着急于一场朋友间的聚会，我离开队伍，赶去赴约。又因为匆忙，也或许内心根本缺乏对他人的关注，竟忘了领队的嘱托，要跟同车的人说一句，告知去向，以免结束后让人久等。所以当我收到吴青先生的电话，听到她着急地问我是不是走丢了，有没有找到大部队时，我立刻被深深的愧疚击中。我连声地说着抱歉，对不起，我并非故意，真的给忘记了。但我还是能感觉到，这样的失误，在老先生人生的词典中，一定属于对别人的时间未曾给予尊重的错误。

我为此惶恐不安，隔天在人群里见到她，一脸羞愧地走过去，专门解释此事。她却笑着说：没事，也不是我特意要打电话给你，而是领队找不到你的联系方式，我恰好有你微信，就试着拨打了一下，你只要没事就好，当时就怕你找不到队伍。

不停地有人走过来，要跟老先生合影，我轻声道一句谢谢，就走入喧哗的人群。我听见她爽朗的笑声，穿越拥挤的大厅，弥漫至每一个角落。那笑声如此地清澈、洁净，溪水一样，将眉山小城的盛夏，一寸一寸地浸润。

人贵有知笨之明

王荣朝

中国近代史上，要说齐家治国平天下，集学问、谋略于一身，那得首推曾国藩。他与李鸿章、左宗棠、张之洞并称"晚清中兴四大名臣"，是近代史上著名的政治家、战略家、理学家、文学家、书法家。著有《曾文正公全集》近千万言留存于世。就是这样一位学富五车、才高八斗的旷世奇才，却常对人说自己是个笨人。

曾国藩说自己笨，其实不算是自谦！从他秀才考了六次来看，的确不太聪明。梁启超评价他"文正固非有超群绝伦之天才,在并时诸贤杰中,称最钝拙"。他读书,第一段不会背,绝不进行第二段;一本书没看完也绝不看下一本。据说小偷去行窃,适逢他正在读书,一遍又一遍地读,小偷都会背了,他仍在读,气得小偷愤然离去。

曾国藩有一癖好,就是喜欢写挽联。挽联是啥?就是给死者治丧时撰写的对联。它既要讲究对仗、平仄,又要把死者的地位、身份、情操乃至一生的事迹、成就,言简意赅地概括出来。如此劳心伤神,曾国藩却乐此不疲,一天不写心里就难受。谁家死了人,数他跑得最快。生活中哪能天天死人?死者无可写之,他便写活人。亲戚朋友在不知情的情况下,被他写了个遍。为此,好友汤鹏与他绝交。给活人写挽联,恐怕他是空前绝后第一人。正是基于他的笔耕不辍,日积月累中楹联水平大为提高,最后赢得了"楹联圣手"的赞誉。有副对联这样称赞他:立德立功立言三不朽;为师为将为相一完人。

敢于承认自己笨,其实是一种胸襟、智慧和格局。柏拉图说:"不知道自己的无知,乃是双倍的无知。"正所谓笨鸟先飞早出林,说的就是这个理儿。文徵明,明朝江南"四大才子"之一,十一岁才会开口说话,九次科举不中。但他知笨而奋发,到晚年，诗、文、书、画无一不精，被世人称之为"四绝"。

人们往往知他而不知己，这最可怕。明明自己笨拙，却自以为是。对他人，说三道四；对自己，避重就轻。生活中的家长里短，夫妻间的你是我非，大多缘于此。如果双方都能"吾日三省吾身"，知其愚笨而相互退让与宽容，那便是风清月明、朗朗乾坤。能晒自己缺点的人，多少需要点儿勇气，没有谁喜欢听别人说自己蠢笨。所以，敢于直面自己笨拙的人，常怀勤谨之心；自以为聪明绝顶的人，易生骄横之态。五岁能诗的神童方仲永，最终泯然众人。相反，口含石子而朗诵不止的德莫森，终成希腊伟大的演说家和雄辩家。

我们常说自知之明而不说他知之明，充分说明自知的重要。知笨而不止步，做好笨功，用上笨劲儿，自然勤能补拙。把别人喝咖啡的时间都用在完善自我上，琴棋书画融于指间，经史子集装于心中，笨后而智聪，懵后而目明。即便成不了曾国藩那样的国之栋梁，起码成为品以正、行以方的人格楷模，岂不善哉？

唯唯谔谔的邹忌

胡新波

谔谔，《说文》记载："咢，哗讼也。字亦作谔。"解释了谔有直言争辩的意思。按照语言习惯，两个相同的字组合常作貌解，谔谔形容直言争辩之貌，唯唯形容行相随顺、恭顺答应之貌。

历史中常扬谔谔之士，抑唯唯之徒。《贞观政要·论纳谏第五》记载："且众人之唯唯，不如一士之谔谔。"说的是就算有很多顺从呼应的人都比不上一个谏言直辩的人。在朝堂上，臣子在唯唯与谔谔中往往只能两者有其一，战国时期的邹忌却是个例外。

《史记·田敬仲完世家》记载了一则邹忌见齐威王的故事。邹忌因琴艺高超得见齐威王,在听到齐威王弹琴后邹忌大力夸赞,齐威王听了很不高兴,认为邹忌刚来没多久,并不知道自己的琴艺水平便阿谀奉承。邹忌随即以比喻的方式唯唯道出齐威王琴艺的高超之处。齐威王气消后,邹忌紧接着续上谔谔之言:"夫大弦浊以春温者,君也;小弦廉折以清者,相也;攫之深而舍之愉者,政令也;钧谐以鸣,大小相益,回邪而不相害者,四时也。夫复而不乱者,所以治昌也;连而径者,所以存亡也:故曰琴音调而天下治。夫治国家而弭人民者,无若乎五音者。"

先唯唯言,后谔谔语,这便是邹忌的说谏技巧所在。邹忌用拟喻方式评价齐威王喜欢的音律:浑厚的大弦,温暖如国君;明亮的小弦,清晰如相国;紧控舒放的是政令;大小和谐的是四时。如此琴音调和互不干扰,国家治理自然能够实现安定,齐威王听后大悦。

历史上有不少关于邹忌和齐威王的君臣故事,还有则比较

人间清流

有趣的是邹忌与徐公比美。据《战国策·齐策》记载，邹忌在入朝见齐威王时，说自己不如城北徐公的颜值，但妻子因为爱他，妾因为怕他，客人因为有求于他，都说他的容貌远胜过徐公。邹忌以自身受到妻妾和客人的蒙蔽为例，劝告齐威王："今齐地方千里，百二十城，宫妇左右莫不私王，朝廷之臣莫不畏王，四境之内莫不有求于王。由此观之，王之蔽甚矣。"齐王点点头，听从了邹忌的意见，随即下达纳谏之令。过了一年时间，果然齐国内政修明，他国纷纷来朝。

"文死谏，武死战。"向君谏言是臣子的权利和义务，作为臣谏君的典范，邹忌成功地做到了在说谏中"直不至于犯，婉不至于隐"，既维护了君臣关系，没有掉脑袋，又顺利地让齐威王听从了自己的意见，从而实现国家良治富强。

除了善于说谏，邹忌也善于纳谏。在战国时期，齐国还有个和邹忌齐名的智者叫淳于髡。据《史记·田敬仲完世家》记载，有天淳于髡去见邹忌，隐晦地说出了几个难题或者说是建议："狶膏棘轴，所以为滑也，然而不能运方穿；弓胶昔干，所以为合也，然而不能傅合疏罅；狐裘虽敝，不可补以黄狗之皮；大车不较，不能载其常任；琴瑟不较，不能成其五音。"

谦逊聪慧的邹忌快速地领会了淳于髡隐喻的意思，并表明未来自己会近国君远内臣，爱百姓惩小人。从这也可看出邹忌不仅仅是有容貌之美，更具胸怀之广。我们也可以从中发现，淳于髡的谏言相较于邹忌的，更为隐晦，打的哑谜旁人难解，像如今山东淄博仍有句民谚："孟子遇见淳于髡，吓不死也发昏。"

唯唯之中有谔谔，类似邹忌"琴谏""美谏"这种谏言的还有战国时期的魏国翟璜。据《资治通鉴·周纪一》记载，在一次征伐胜利后，魏文侯问群臣他是什么样的君主，大家全都唯唯称赞他是仁君，这时任座提了反对意见，魏文侯听着很生气，任座见势不妙也赶紧离开。魏文侯随后问翟璜，翟璜回应他是仁君，并解释道："臣闻君仁则臣直。向者任座之言直，臣是以知之。"这句话回答得非常巧妙，翟璜说仁君的朝堂上才有直臣，刚才任座说话那么直，我因此得出您是仁君。一句话解救了任座，也讨好了魏文侯，可以说是巧谏善谏的典范。唐朝的长孙皇后在李世民要杀掉魏征时也曾谏言："妾闻主

明臣直。今魏征直,由陛下之明故也,妾敢不贺!"与此异曲同工。

从谏如流是良治的开端,但如何让谏言顺利地被接受?不妨学学美男子邹忌,做到唯唯之中有谔谔。

曾巩的坚守

祁文斌

在名垂千古的"唐宋八大家"中,曾巩算是最不显眼的一家了。究其原委,这种"不显眼"倒不是因其缺少著名的作品,而是其处世的低调。通过他与"唐宋八大家"中的另一位"达人"——王安石的交往,人们能一斑窥全豹。

曾巩与王安石的籍贯同为江西抚州,还是远房亲戚,曾巩长王安石两岁,二人相识于赶考途中,一见如故。

此后,当曾巩还只是一名生员时,便多次向朝廷要员推荐尚任职地方的王安石。在给蔡学士的信中,曾巩说:"巩之

人间清流

友王安石者，文甚古，行称其文，虽已得科名，然居今知安石者尚少也。彼诚自重，不愿知于人。然如此人，古今不常有，顾如安石，此不可失也……执事倘进于朝廷，其有补于天下……"

王安石性情怪异，很难与人相处，而跟曾巩倒和谐融洽，交往不断。王安石说自己"吾少莫与合，爱我君为最"。同时，对曾巩困窘的家境也表现出了极大的牵挂和同情。

许多年来，他们惺惺相惜，彼此推崇。

曾巩在老家屡试不第，招致乡邻的嘲讽时，王安石为其不平，写诗道："曾子文章众无有，水之江汉星之斗。挟才乘气不媚柔，群儿谤伤均一口。吾语群儿勿谤伤，岂有曾子终皇皇。借令不幸贱且死，后日犹为班与扬。"说诽谤曾巩的人是一群小儿，他们哪里会有曾巩最终的成就？即便曾巩卑微贫贱到死，日后也会像班固和扬雄一样受人敬仰。

而先入仕的王安石因特立独行而不受人待见时，曾巩为之辩护："介甫（王安石）者，彼其心固有所自得，世以为矫不矫，彼必不顾之，不足论也。"王安石倔强，遇事有自己独到的见解，人们说他狂妄也好，不狂妄也罢，没必要理会。

熙宁二年（1069年），王安石出任参知政事，主持新政，并"引故交为己助"，其中也包括曾巩。但曾巩认为，王安石的变法有点操之过急，劝诫他慎重一些。"须教化日久，方才行改革，此不易之道也。"而王安石对曾巩的意见置之不顾。失望之余，曾巩主动请求离京到地方任职，从此辗转各地，长达十二年，贯穿了整个熙宁时代。在此期间，王安石两度拜相，权倾朝野。

并非"始合终暌"。尽管，曾巩不赞同王安石的某些决策，但在地方为官时并没有干扰、妨碍其推行，还尽可能地修正其偏颇，弥补其疏漏。

王安石罢相隐居江宁后，宋神宗有次问曾巩，你跟王安石的关系最好，你觉得王安石这个人究竟怎么样呢？曾巩回答，王安石"文学行义不减扬雄，以吝故不及"。宋神宗说，王安石视富贵如浮云，"吝"之论从何而来？曾巩解释，我所说的"吝"，是说王安石"勇于有为，吝于改过"。宋神宗频频颔首。

曾巩深知王安石的自负和执拗。如今王安石垮台了，怨声载道，曾巩本可以像大多数人一样，朝这个天怒人怨的失败者

唾上一口，但他没有，只是实事求是地说了自己的看法，肯定了王安石的勇气和担当，也指出其不足。言外之意是王安石还没有认识到自己错在哪儿，自然不知如何改正了。

这份相知，王安石了然于心。所以，他们之间的书信往来虽然不像以前那样频繁，却并未中断。元丰六年（1083年），曾巩病重期间，王安石还数次前往探视。可见，植根于这对老朋友内心的那份情谊依然不减。正如多年前在变法受阻之后，王安石在写给曾巩的一首诗中所说的那样："高论几为衰俗废，壮怀难值故人倾。"

"醇儒"曾巩默默地展现了这样的交友之道：贫贱时认同、扶助；发达时不迎合、依附；分歧时给以忠告、批评；沦落时不袖手旁观、投井下石。"上交不谄，下交不渎"，中正平和，和而不同，这是难能可贵的坚守。